L'affaire
de la Rue Soufflot

Entre méprise et emprise

Laurence Sellin

L'affaire de la Rue Soufflot

Entre méprise et emprise

Les enquêtes de Yanaël Marceau
Volume 1

Thriller

Éditions Polar Impulse

Mentions légales

ISBN : 978-2-9586369-1-3
Version Livre Broché par les Éditions Polar Impulse pour Laurence Sellin
Vendue au prix unique de 9,99 € - 1ère édition - Dépôt légal – Janvier 2023

Crédits photo, conception & illustration de couverture : Nathalie Glévarec
https://graphistelitteraire.fr/

Crédits Logo : GraphicSprings
https://www.graphicsprings.com/

Support de mise en page intérieure : Book Design Templates
https://www.bookdesigntemplates.com/

Éditeur : Éditions Polar Impulse – Laurence Sellin
6 Bis, Rue Nationale – 32700 Lectoure – France
https://www.editionspolarimpulse.com/
contact@editionspolarimpulse.com

Impression : Service d'impression à la demande Amazon KDP
Imprimé en Europe par Amazon KDP – Janvier 2023
https://www.kdp.amazon.com/fr_FR/

Sommaire

Yanaël Marceau, lieutenant de police judiciaire

Vendredi 30 juin 2017,
École de Police de Cannes-Écluse (77).

DIX ANS ! Voilà déjà dix ans que Yanaël Marceau avait entamé son chemin de résilience. À l'époque, il était en apparence un adolescent comme les autres, plus ou moins accro aux sports et aux jeux vidéo, selon les périodes, hobbys qu'il pratiquait en dehors des cours qu'il suivait au lycée Saint-Vincent-de-Paul de Marseille, où il était scolarisé en classe de seconde. Cependant, intérieurement, il souffrait encore du traumatisme causé à sa famille par le décès, survenu à l'âge de dix ans, de son frère jumeau. Touché par une balle perdue dans l'un des premiers règlements de compte entre dealers qu'allait connaître la cité phocéenne, celui-ci ne s'était jamais relevé de la dalle de béton sur laquelle il était tombé.

Durant sa quinzième année, en 2007, Yanaël Marceau avait su que ce chemin de résilience allait progressivement le conduire vers la profession d'officier de police judiciaire qu'il avait découverte comme une vocation. Au terme de sa scolarité en classe de seconde, son orientation vers un bac en sciences économiques et sociales, lui permettant de comprendre les fondements de la société dans laquelle il vivait et d'intégrer plus aisément une faculté de droit, était devenue pour lui une évidence.

Ce vendredi 30 juin 2017 marquait la fin de la période durant laquelle il avait brillamment suivi des études supérieures : de septembre 2010 à juin 2015, il avait été étudiant à la faculté de droit de l'Université Aix-Marseille. Ensuite, après avoir réussi un concours d'entrée très sélectif, il avait intégré l'École de Police de Cannes-Écluse, en Seine-et-Marne, pour dix-huit mois de formation entrecoupés de stages. Aujourd'hui, il accédait enfin au grade et à la fonction d'officier de police judiciaire et à ce titre, dans quelques jours, il défilerait avec ses camarades, en tenue d'apparat, sur la Place d'armes du campus, devant les plus hautes autorités de police du pays, y compris le ministre de l'Intérieur.

Le 14 juillet, en compagnie des meilleurs éléments de sa promotion, il défilerait également sur les Champs-Élysées, devant le chef de l'État et le gouvernement presque au complet. Quelle fierté ce serait alors pour lui, le minot originaire d'une ville si populaire, fils d'un chauffeur de bus de la Régie des transports marseillais et d'une mère vendeuse dans un magasin de prêt-à-porter ! Malgré de modestes moyens, ses parents, ayant perçu très précocement les aptitudes intellectuelles et les capacités d'adaptation de l'unique enfant qu'il leur restait, lui avaient offert durant ces dix années la possibilité d'accéder à sa vocation d'OPJ.

Cependant, en ce jour de célébration de sa réussite, Yanaël Marceau ignorait encore que tout ce qu'il avait appris à l'École de police n'allait pas s'avérer d'une grande utilité dans la résolution de la première enquête à laquelle il allait être confronté, d'autant qu'en raison d'un fâcheux concours de circonstances, il allait devoir la conduire presque tout seul.

Chapitre premier

Fin d'année universitaire
à *la Sorbonne*

Lundi 4 septembre 2017,
Rue Soufflot,
Paris Vème arrondissement,
12h30.

LES ÉTUDIANTS de la dernière promotion du master 2 *Systèmes judiciaires, contentieux et procédures* de l'Université Paris 1-Panthéon Sorbonne venaient de recevoir leur diplôme, celui-ci sanctionnant cinq ans d'efforts et d'assiduité durant lesquels ils avaient franchi, une par une, les étapes qui les avaient conduits au terme de ces études réputées, mais exigeantes. Afin de fêter cet événement, ils décidèrent de se réunir une dernière fois autour d'un pot partagé au célèbre bar-restaurant *le Soufflot*, bien connu de tous les étudiants du Quartier latin.

L'une de leurs camarades, Lauriane Émans, déclina l'invitation afin de rejoindre directement le studio qu'elle louait, un peu plus bas, dans la rue du même nom et dont la superficie s'avérait inversement proportionnelle au coût du loyer. Cependant, celui-ci présentant l'avantage d'être situé à proximité de *la Sorbonne*, il lui avait permis de s'y rendre, chaque jour, pendant les deux ans qu'avait duré son master, par ses propres moyens, c'est-à-dire en fauteuil électrique sans dépendre de qui que ce soit.

Tel était en effet son principal moyen de locomotion dans Paris, Lauriane souffrant depuis sa naissance de lésions cérébrales. Celles-ci étaient à l'origine d'une atteinte neuromusculaire de ses membres inférieurs se traduisant par des troubles de l'équilibre et de la coordination à la marche.

Malgré ces difficultés, en 2015, à l'âge de vingt-et-un ans, après avoir obtenu sa licence à la faculté de droit de l'Université Toulouse 1 Capitole, elle avait réussi à intégrer, à l'issue d'une sélection très rigoureuse, ce master 1 à *la Sorbonne*, ainsi que le master 2, l'année suivante. Ces deux années d'études devaient lui permettre de préparer le concours de l'École nationale des greffes, ou bien de proposer ses services d'assistante dans un cabinet d'avocats. Afin de financer les frais occasionnés par sa vie parisienne, depuis son arrivée dans la capitale, elle exerçait en freelance une activité de transcription de procès-verbaux de réunions juridiques pour deux grandes entreprises, parallèlement à ses cours et à ses examens. C'est donc dans l'idée de s'adonner à cette activité durant une bonne partie de l'après-midi qu'elle avait décliné l'invitation de ses camarades. De plus, à 16 h 45, un ambulancier devait la conduire au cabinet de kinés de la Rue du Montparnasse, comme cela était le cas trois fois par semaine.

Pour l'instant, au terme de son court trajet depuis *la Sorbonne*, elle parvint au rez-de-chaussée de son immeuble où elle appela l'ascenseur afin de rejoindre son studio situé au quatrième étage. Pendant qu'elle l'attendait, elle croisa le propriétaire qui descendait par les escaliers. Elle le salua et celui-ci lui retourna ses salutations. Elle se dit qu'il devait certainement quitter le bâtiment après avoir répondu aux doléances de l'un de ses vingt locataires. Cependant, cinq mois plus tard, elle apprendrait que telles n'avaient pas du tout été ses intentions et que, ce jour-là, il avait en tête un tout autre dessein.

Chapitre 2

Première journée au troisième district de police judiciaire

Lundi 4 septembre 2017,
Boulevard Douaumont
& 36, Rue du Bastion, Troisième DPJ,
Paris XVIIème arrondissement,
7h00 – 17h30.

« *L'ÉVÉNEMENT de cette rentrée : le déménagement de presque tous les services de police et de justice parisiens dans les locaux ultramodernes du tout nouveau complexe des Batignolles. Au sein de cet édifice, la Direction régionale de police judiciaire s'installe au 36, Rue du Bastion, en référence au 36, Quai des Orfèvres, lieu mythique de la célèbre Brigade criminelle parisienne* ».

C'est au son de cette information, diffusée par la matinale, que Yanaël Marceau se réveilla, ce matin-là, à 7 heures, grâce à l'appli *Radio Classique* qu'il avait programmée comme radioréveil sur son smartphone.

À la fin de ses vacances, il avait profité de ses derniers jours de tranquillité pour emménager dans un studio meublé, dont le seul coût du loyer allait suffire à engloutir, chaque mois, un tiers de son traitement de lieutenant débutant. Cependant, situé Boulevard Douaumont, à proximité de la Rue du Bastion, cet appartement allait lui permettre de se rendre, en quelques minutes à pied, au service dans lequel il avait postulé à sa sortie de l'École de Cannes-Écluse.

Vers 7 h 30, après avoir expédié son petit-déjeuner, Yanaël quitta son domicile et tenta de se frayer un chemin parmi les engins de travaux publics et les baraquements de ce qui constituait, pour l'heure, encore un chantier, afin de rejoindre sa première affectation en tant qu'OPJ titulaire, au Troisième DPJ. À 8 heures précises, il se présenta par son grade et par son nom au Commissaire Étienne Langlois, âgé de cinquante-cinq ans et pouvant se prévaloir de trente ans de maison. Celui-ci dirigeait cette antenne territoriale de la police judiciaire dont la compétence s'étendait à la Rive gauche de la capitale, c'est-à-dire aux arrondissements situés au sud de la Seine. Cependant, visiblement trop occupé à gérer le déménagement de ses équipes, le Commissaire accueillit son nouvel OPJ plutôt fraîchement :

— Bonjour, Marceau. Étant donné les circonstances, je n'ai pas le temps de vous faire faire le tour des services. Voyez cela avec le Commandant Fresnay, votre chef de groupe, le Capitaine Zandowski, votre supérieur direct, étant en congé durant tout le mois de septembre après avoir assuré la permanence estivale.

Le Commandant Lionel Fresnay était âgé de quarante-cinq ans et possédait vingt ans d'expérience. À ce titre, il avait été nommé chef de groupe et le Capitaine Zandowski travaillait sous ses ordres. Cependant, ce dernier étant absent pour profiter de ses jours de récupération et le Commandant n'étant pas encore arrivé, à 8 heures, ce matin-là, Yanaël s'attela à une pile de dossiers qui traînaient sur leur bureau respectif afin de prendre connaissance des affaires en cours. Il en avait à peu près fait le tour lorsque Lionel Fresnay arriva, en fin de matinée.

Après les salutations d'usage, ils accomplirent ensemble les dernières formalités d'engagement du Lieutenant et le Commandant présenta son nouvel OPJ à ses subordonnés, ainsi qu'aux différents services d'appui aux enquêteurs (balistique, laboratoire d'analyses biologiques et toxicologiques, informatique et téléphonie, investigation et documentation criminelles).

Vers 17 h 30, un appel leur parvint en provenance de l'état-major, à destination de l'OPJ de permanence et chef du groupe d'enquêtes, le Commandant Fresnay : selon les premières constatations, effectuées par un officier de police judiciaire du commissariat du cinquième arrondissement, une personne à mobilité réduite avait été victime d'une agression particulièrement atroce, à son domicile, situé Rue Soufflot et celle-ci était en ce moment même inconsciente, c'est-à-dire dans le coma, sans qu'il ne soit possible d'en déterminer la profondeur.

Le Commandant et le Lieutenant se mirent donc immédiatement en route vers la Place du Panthéon sur laquelle débouchait la Rue Soufflot. Cependant, les difficultés de circulation à proximité du complexe des Batignolles, régulièrement engorgé aux heures de sortie des bureaux, ralentirent nettement leur progression. Yanaël, qui avait pris le volant, dans le but de se rendre utile, voulut déclencher le deux-tons afin de se frayer plus facilement un passage dans les embouteillages, mais le Commandant Fresnay l'en dissuada :

— Pas la peine de t'énerver, le Bleu ! Si la victime est dans le coma, elle va pas s'envoler !

Finalement, ce trajet d'une distance de neuf kilomètres dura une heure, ce qui permit aux deux coéquipiers de faire plus ample connaissance. Lorsqu'ils arrivèrent sur place, vers 18 h 30, l'un des substituts du Procureur, prévenu par l'OPJ premier intervenant, s'y trouvait depuis un bon moment et la victime reposait déjà dans le camion des pompiers, accompagnée d'un infirmier et d'un médecin du SAMU, prête à être transportée aux urgences médico-judiciaires de l'Hôtel-Dieu, dans le quatrième arrondissement. D'un regard, ils constatèrent qu'elle avait le visage tuméfié et qu'elle saignait du nez : son agresseur s'était visiblement acharné sur elle.

Même si celle-ci n'était pas décédée, en raison de la particulière vulnérabilité de la victime et de l'atrocité des actes commis à son égard, le substitut du Procureur avait immédiatement décidé de déployer des moyens relatifs au déroulement d'une enquête criminelle. À cet effet, il avait successivement requis sur les lieux la présence de l'Identité judiciaire, ainsi que celle de la Police technique et scientifique.

Chacun dans leur domaine de compétences, ils durent remonter le temps de quelques heures afin d'être en mesure de reconstituer la chronologie de ces actes barbares.

Chapitre 3

Rue Soufflot,
la scène de crime

Lundi 4 septembre 2017,

Rue Soufflot,

Paris Vème arrondissement

16h45 – 19h00.

À 16 h 45, un ambulancier de la *Société des Ambulances du Panthéon* était venu chercher Lauriane Émans à son domicile afin de la conduire, en véhicule sanitaire léger, à sa première séance de rééducation de la semaine, prévue à 17 heures, Rue du Montparnasse. N'obtenant pas de réponse après avoir sonné à plusieurs reprises à l'interphone de son appartement, il l'avait appelée sur son portable, mais il était tombé directement sur son répondeur. Or, par expérience, ce chauffeur savait que cette patiente ne manquait jamais une séance de rééducation, sans avoir prévenu de sa défection son kiné, ainsi que la société d'ambulances. Renseignements pris auprès de chacun d'eux, ceux-ci lui avaient confirmé que Lauriane n'avait aucunement annulé sa présence à cette séance.

Très inquiet de cette situation pour le moins inhabituelle, l'ambulancier avait alors appelé les pompiers et avait réussi à les convaincre de se déplacer afin d'effectuer une levée de doutes concernant sa patiente de la Rue Soufflot. Ceux-ci étaient arrivés en moins de dix minutes, en provenance de la caserne de la Brigade des Sapeurs-Pompiers de Paris située au 55, Boulevard de Port-Royal. Après s'être fait ouvrir la porte de l'immeuble par d'autres résidents, ils étaient montés au quatrième étage et étaient passés par le balcon de l'appartement mitoyen afin d'accéder à celui de leur potentielle victime. Le matin même, avant de se rendre à la cérémonie de remise des diplômes, Lauriane avait laissé la fenêtre de son studio légèrement entrouverte, eu égard aux températures clémentes de ce mois de septembre. Les pompiers n'avaient donc eu qu'à l'ouvrir un peu plus pour se frayer un chemin vers la scène de crime.

Ces premiers intervenants avaient alors constaté un carnage : Lauriane Émans gisait au sol, inconsciente, c'est-à-dire dans le coma, le visage tuméfié et saignant du nez depuis un bon moment, selon la flaque de sang dans laquelle elle baignait. Or, un tel tableau clinique laissait présumer le fait que les coups qu'elle avait reçus lui eussent causé un traumatisme crânien. De plus, son appartement avait été mis sens dessus dessous, l'agresseur ayant probablement voulu faire croire à un cambriolage qui avait mal tourné. Enfin, les quatre roues de son fauteuil avaient été tailladées et les câbles sectionnés, ce qui le rendait complètement inutilisable. En sortant, son agresseur avait claqué la porte, de telle sorte que personne ne soit en mesure de découvrir sa victime ni de lui porter secours aussi rapidement que l'état dans lequel il l'avait laissée l'aurait nécessité.

Devant son état critique, qu'ils avaient qualifié d'urgence absolue, les pompiers avaient requis la présence d'un infirmier et d'un médecin du SAMU. Vers 17 h 30, quelques minutes après cet appel, dès leur arrivée, ces derniers avaient placé la victime en coma artificiel, ainsi que sous assistance cardiorespiratoire, afin d'essayer de la stabiliser au mieux.

Ce fut seulement au terme de ces premiers soins, qui durèrent une bonne heure, qu'elle avait pu être transportée par les pompiers, accompagnés du médecin et de l'infirmier du SAMU, aux urgences médico-judiciaires de l'Hôtel-Dieu, dans le quatrième arrondissement, où elle arriva vers 19 heures.

Pendant la prise en charge médicale de la victime, le substitut du Procureur avait requis la présence sur place successivement des techniciens de l'Identité judiciaire, ainsi que celle des techniciens en investigations criminelles, plus communément connus sous l'acronyme TIC. Cependant, ceux-ci n'avaient été autorisés à intervenir dans l'appartement de Lauriane que peu de temps avant son évacuation, priorité ayant été donnée aux soins d'urgence et de stabilisation de son état.

Les techniciens de l'Identité judiciaire avaient pris des photos afin de figer la scène de crime et avaient effectué les premiers relevés d'indices. Après leur passage, les TIC s'étaient approprié les lieux munis de mallettes de prélèvements divers. Ils avaient ainsi recherché des matériaux biologiques susceptibles de révéler l'empreinte génétique de l'agresseur, à partir de la sueur qu'il aurait pu perdre lorsqu'il s'était acharné sur la victime, ainsi que sur son fauteuil électrique. Après avoir plongé la pièce dans le noir, ils avaient également recherché des traces de sang, le meurtrier ayant pu se blesser au moment où il avait frappé Lauriane. À cet effet, ils avaient utilisé le crimescope, une sorte de crayon optique révélateur par lumière bleue de ce type de traces. Grâce au procédé du cyanoacrylate, ils avaient enfin recherché, sur la poignée de la porte que l'agresseur avait forcément tirée pour la claquer, des empreintes digitales formées par le relief du bout des doigts propre à chaque individu.

Arrivés Rue Soufflot vers 18 h 30, le Commandant Fresnay et le Lieutenant Marceau n'avaient pu accéder à la scène de crime tant que le travail des techniciens n'avait pas été terminé. Ils avaient donc profité de ce laps de temps pour interroger l'ambulancier qui avait alerté les secours, ainsi que l'officier de police judiciaire dépêché sur place par le commissariat du cinquième arrondissement.

Vers 19 heures, à l'issue de ces opérations prioritaires, ils pénétrèrent chez la victime et furent en mesure d'élaborer une première reconstitution des faits survenus dans l'après-midi : soit Lauriane Émans avait volontairement ouvert à l'une de ses connaissances, soit son agresseur avait attendu son retour et s'était introduit de force dans son appartement avant qu'elle n'ait eu le temps d'en refermer la porte. Enfin, quel que soit le scénario retenu, en raison de sa mobilité réduite, elle n'avait pu se défendre contre cette agression ignoble qui allait marquer le pays entier, mais surtout les enquêteurs du Troisième DPJ chargés d'en retrouver le, ou les coupables.

Chapitre 4

Lauriane Émans,
la victime

Lundi 4 septembre 2017,

Hôtel-Dieu,

Paris IVème arrondissement,

19h00 – 22h00.

APRÈS avoir été prise en charge par les premiers secours, Lauriane Émans arriva aux urgences médico-judiciaires de l'Hôtel-Dieu, vers 19 heures, où elle fut immédiatement examinée par le médecin de garde. Sur réquisition du Procureur, celui-ci effectua un premier bilan lésionnel de la patiente et à 22 heures, il envoya son rapport par mail à l'autorité requérante, ainsi qu'aux enquêteurs du Troisième DPJ. En voici le contenu fidèlement retranscrit :

– Affaire n°2017-50 : Procédure Lauriane Émans.

– Autorité requérante : M. le Procureur de la République deParis.

– Date de la réquisition : lundi 4 septembre 2017.

– Objet de la réquisition : premier bilan lésionnel consécutivement à suspicion d'agression sur victime présentant initialement des lésions cérébrales affectant la motricité de ses membres inférieurs.

– Destinataires du rapport : M. le Procureur de la République de Paris, ainsi que le groupe d'enquêtes criminelles du Troisième DPJ en charge de l'affaire.

1). État de la patiente à son arrivée aux UMJ : stabilisée par le médecin et par l'infirmier du Samu en assistance cardiorespiratoire et en coma artificiel. Saignement de nez.

2). Date et horaires supposés des faits : lundi 4 septembre 2017 entre 12 h 30 et 16 h 30.

Commentaire : L'isolement de la victime ayant retardé sa prise en charge par les secours, les lésions provoquées par l'agression ont pu s'aggraver entre la commission des faits et la découverte de la scène de crime par les pompiers premiersintervenants.

3). Examens pratiqués :

– Examen visuel général : Ecchymoses marquées sur tout le corps.

– Prise de sang pour recherche de toxiques ou de médicaments : NÉANT.

– Échographie abdominale de débrouillage : pas de saignement d'organes internes.

– Scanner corps entier : pas de fracture, mais le scanner cérébral laisse apparaître un traumatisme crânien.

– Examen psychologique : Impossible à effectuer en raison du coma de la victime. Reporté à son réveil si celle-ci est en mesure de s'exprimer et de se souvenir des faits. État psychologique pouvant évoluer en fonction des résultats de l'enquête.

4). Thérapeutique envisagée : Le plus rapidement possible, transfert de la victime au service de réanimation de l'Hôpital Cochin pour surveillance de l'évolution de son traumatismecrânien.

5). Pronostic : Les lésions cérébrales initiales de la patiente peuvent ralentir le processus de guérison physique. Décompensation psychologique possible à son réveil surtout si agresseur connu par la victime et si motif d'agression relatif à son état, ou à sa personnalité.

Certificat médical établi à Paris, le 4 septembre 2017, à 22 heures, faisant valoir ce que de droit.

****

Lundi 4 septembre 2017,

Rue Soufflot,

Paris Vème arrondissement,

19h00 – 22h00.

À l'heure où Lauriane était prise en charge aux urgences médico-judiciaires de l'Hôtel-Dieu, le Commandant Fresnay et le Lieutenant Marceau furent finalement autorisés à pénétrer dans son appartement afin d'y effectuer une première perquisition, en présence de deux témoins. Ils commencèrent par s'enquérir de son identité au moyen des papiers présents dans sa sacoche : il s'agissait de Lauriane Émans, âgée de vingt-trois ans, célibataire et originaire de la Région Occitanie, selon l'adresse indiquée sur sa carte d'identité. Une carte délivrée à son nom par la Maison départementale des personnes handicapées de Haute-Garonne mentionnait son invalidité. Ils trouvèrent enfin son diplôme de master 2 et en déduisirent qu'elle avait étudié au moins durant les deux années précédentes à la faculté de droit de *la Sorbonne*.

En passant en revue ses documents administratifs, les deux enquêteurs découvrirent des fiches de déclaration mensuelle à l'URSSAF relatives à une activité de transcription de réunions effectuée sous le statut de microentrepreneur. Ils comprirent alors qu'elle avait exercé cette activité parallèlement à ses masters 1 et 2. Parmi son courrier et ses autres dossiers, ne figurait aucune lettre de menace ni aucune relance pour factures impayées. Ils inspectèrent un par un les livres de sa bibliothèque, mais ceux-ci révélèrent uniquement le goût de la victime pour les polars et les romans historiques.

Les enquêteurs vérifièrent ensuite le contenu de ses outils numériques (ordinateur, tablette, smartphone), dont l'historique du navigateur de chacun, sans y relever de site particulièrement à risque pour une jeune femme, ceux demeurés en mémoire s'avérant surtout consacrés à des sujets en rapport avec les travaux qu'elle devait rendre dans le cadre de ses évaluations. Lors de cette inspection, ils remarquèrent qu'aucune application de réseau social n'avait été téléchargée par la victime. Un tel constat leur parut très étonnant pour une personne de son âge, mais après tout, il n'était pas interdit de vivre sans utiliser les réseaux sociaux !

Dans le même ordre d'idées, le commandant et le lieutenant dénombrèrent très peu d'appels passés et reçus par Lauriane sur son portable, celle-ci semblant privilégier les conversations par SMS avec ses amis, ou des membres de sa famille, d'après leurs échanges. Leur contenu ne révéla aucun conflit particulier avec qui que ce soit. De plus, la vérification de ses mails montra aux enquêteurs que ceux-ci constituaient un mode de communication récurrent avec ses camarades de promotion, ainsi qu'avec les clients de son activité de transcription.

À 22 heures, les enquêteurs quittèrent les lieux en emportant les outils technologiques de la victime dans le but de les faire examiner plus en profondeur par les techniciens en téléphonie et informatique. En réalité, s'ils étaient venus au domicile de Lauriane Émans afin d'y trouver des réponses relatives à son agression, ils en repartirent en se posant un plus grand nombre de questions que lorsqu'ils y étaient arrivés, trois heures trente plus tôt.

Chapitre 5

Yanaël Marceau,
chef d'enquête

Mardi 5 septembre 2017

Troisième DPJ, 36, Rue du Bastion

Paris XVIIème arrondissement,

8h00 – 13h00.

LE SOIR MÊME de l'agression dont avait été victime Lauriane Émans, le Procureur de la République de Paris avait pris connaissance du rapport du médecin du SAMU qui avait succédé aux pompiers sur la scène de crime, ainsi que du rapport du médecin qui l'avait examinée dès son arrivée aux urgences médico-judiciaires. Devant la gravité de la situation, le Parquet avait ouvert une enquête de flagrance pour tentative de meurtre sur personne vulnérable et actes de barbarie par dégradation de biens appartenant à une personne vulnérable. Ces infractions ayant eu lieu dans le cinquième arrondissement, l'affaire relevait de la compétence du Troisième DPJ.

Informé de ces faits pour le moins inhabituels par le ministre de l'Intérieur, dans la nuit, le chef de l'État avait publié un tweet afin d'exprimer *« le soutien du peuple français à la famille de la victime de ces actes ignobles qui déshonorent les valeurs de notre République »*.

Lorsqu'il fut réveillé, à 7 heures, par la matinale de *Radio Classique*, Yanaël Marceau fut aussitôt replongé dans l'enquête sur laquelle il était intervenu la veille : celle-ci tournait en boucle dans tous les médias, à l'exception de la presse écrite quotidienne qui avait déjà envoyé à l'impression l'édition du lendemain, au moment où cette information était tombée dans les salles de rédaction, à 23 h 50, en provenance du service de presse du pôle judiciaire des Batignolles.

Cette affaire, désormais communément appelée *l'affaire de la Rue Soufflot*, déchaînait les passions : devant chaque micro tendu par une station de radio, ou par une chaîne de télévision, un analyste qui s'était autoproclamé spécialiste police-justice se perdait en conjectures sur les raisons ayant pu motiver la commission d'actes aussi barbares sur une personne aussi vulnérable. Afin d'avoir l'air plus intelligents, certains de ces intervenants ressortaient à tout bout de champ la célèbre citation selon laquelle le degré de civilisation d'une société se mesure à la façon dont elle traite ses membres les plus fragiles.

À 8 heures, le lieutenant arriva au Troisième DPJ et constata, pour la deuxième fois en deux jours consécutifs, l'absence du Commandant Fresnay, à cette heure certes matinale, mais pourtant habituelle relativement à la prise de leur service par des officiers de police judiciaire. Il commença alors à s'interroger sur ces retards répétés, ainsi que sur le manque d'encadrement qui allait forcément en découler dans son travail. Le Commandant Fresnay bénéficierait-il d'un régime de faveur de la part de sa hiérarchie ? Dans ce cas, comment pouvait-il prétendre, en tant que chef de groupe, diriger une équipe soudée et motivée autour d'objectifs communs ?

Yanaël en était à ce stade de ses réflexions lorsque le Commissaire Langlois, sortant précipitamment de son bureau, lui annonça sans ménagement :

— Marceau, suite aux événements d'hier soir, le Commandant Fresnay est en arrêt maladie depuis ce matin et pour une durée indéterminée. En tant qu'unique officier affecté à cette enquête, vous passez chef de groupe et procédurier avec effet immédiat. Cela signifie que vous travaillerez sous ma supervision et chaque soir, vous me rendrez compte des actes que vous aurez effectués dans la journée.

Si vous avez besoin d'être secondé lors des opérations de terrain, prenez dans votre équipe des gardiens de la paix qualifiés en police judiciaire. Vous serez leur supérieur direct et, à ce titre, vous leur donnerez des directives et vous encadrerez leur travail. Cependant, étant donné le manque d'effectifs, il se peut que vous ne disposiez pas toujours des mêmes personnes : vous devrez donc tenir compte du roulement des personnels disponibles sur le tableau de permanence. Cette façon de procéder vous permettra de faire plus ample connaissance avec les membres du service, étant donné que je n'ai pas plus aujourd'hui qu'hier le temps de vous les présenter. Je sais que cette situation ne s'avère pas très confortable pour vos débuts, mais il faudra vous y faire, mon vieux ! Vous m'avez bien compris, Lieutenant ?

— Affirmatif, Commissaire ! La famille de la victime a-t-elle été prévenue ?

— Je me suis chargée de l'en informer, hier soir, avant que l'information ne soit diffusée par le Parquet à la presse. Sa mère prend en ce moment même le premier TGV au départ de Toulouse afin de se trouver au chevet de sa fille dans la journée.

— Je souhaiterais l'auditionner comme témoin afin d'en apprendre un peu plus sur Lauriane Émans.

— Je pense que cette audition pourra attendre demain, le temps qu'elle arrive à Paris et qu'elle y pose ses valises. Ce matin, briefez vos adjoints sur le dossier et dès cet après-midi, au titre de l'enquête de voisinage, envoyez-les interroger les habitants de l'immeuble dans lequel réside la victime, ainsi que les commerçants du quartier accessibles en fauteuil, dans un rayon de deux kilomètres. Vous-même allez interroger le directeur du master qu'elle suivait à *la Sorbonne* et récupérez les coordonnées de ses camarades de promotion de chacune de ses deux années d'études. Je veux votre récapitulatif sur mon bureau, ce soir, à 22 heures, au plus tard.

— Bien. Ce sera fait, Commissaire.

Désormais intronisé chef d'enquête, alors qu'il était dépourvu de la moindre expérience en la matière, Yanaël passa les heures suivantes de la matinée à prendre connaissance des réquisitions du Procureur, ainsi que des rapports médicaux qui les accompagnaient. Il en fit une synthèse à laquelle il ajouta ses conclusions relatives à la perquisition effectuée la veille dans l'appartement de la Lauriane Émans. Il confia ensuite ces documents aux deux gardiens de la paix qu'il avait recrutés sur le tableau de permanence, tout en leur expliquant les tenants et les aboutissants de l'affaire. Enfin, au titre de son grade d'officier et de sa fonction de chef de groupe, il leur donna l'ordre d'aller recueillir des informations sur la victime auprès de tous les résidents de son immeuble et de tous les commerçants accessibles en fauteuil dans son quartier.

De midi à 13 heures, lors de sa pause déjeuner, qu'il passa seul au self du 36, Rue du Bastion, Yanaël commença à cogiter sur les événements survenus durant les dernières vingt-quatre heures. En son for intérieur, il se dit que l'atterrissage était un peu rude pour un lieutenant de police judiciaire tout juste sorti de l'école. Il se demanda même si le chemin de résilience, qu'il avait décidé d'emprunter à l'âge de quinze ans, n'était pas en train de devenir trop abrupt pour lui, sa fonction de chef d'enquête le plaçant d'office en position de devoir élucider une affaire criminelle qui, par son caractère hors du commun, mettait en émoi le pays entier, jusqu'à ses plus hautes autorités politiques.

Autrement dit, soit il réussissait, ce qui lui promettrait un avancement rapide dans la carrière d'officier, soit il échouait et sa vie professionnelle, pour laquelle il avait tant investi durant les dix années précédentes, en serait marquée au fer rouge, mais avait-il vraiment le choix ? La veille, il avait signé son engagement d'officier de police judiciaire titulaire au Troisième DPJ et il était désormais bien trop tard pour faire marche arrière : aucune alternative ne s'offrait à Yanaël Marceau, si ce n'était d'aller de l'avant et de résoudre cette enquête.

Chapitre 6

Première audition de témoin

Mardi 5 septembre 2017

Paris Vème arrondissement, 14h00 – 16h00

& Paris XVIIème arrondissement, 17 h 00 – 18 h 00

ALORS QUE ses enquêteurs sillonnaient la Rue Soufflot, dans laquelle résidait la victime, ainsi que les commerces du Quartier latin, le Lieutenant Marceau arriva, à 14 heures précises à l'Université Paris 1-Panthéon Sorbonne, dont l'annexe réservée aux formations en master était située Place du Panthéon.

Après avoir décliné son grade et son identité auprès de la personne de l'accueil, il demanda à pouvoir s'entretenir avec le professeur qui dirigeait le diplôme qu'avait suivi Lauriane Émans, durant les deux années universitaires précédentes. La secrétaire lui proposa d'appeler ce directeur afin que celui-ci vînt l'accueillir, mais Yanaël préféra se faire indiquer le chemin et monta directement à son bureau et se présenta. Leur échange fut retranscrit dans le procès-verbal suivant :

— *Bonjour, Professeur, Lieutenant Marceau, Troisième DPJ. Excusez mon empressement, mais je dois vous entendre comme témoin au sujet de l'une de vos étudiantes de master, Lauriane Émans, celle-ci ayant été, hier, la cible d'une très violente agression à son domicile.*

— *Bonjour, Lieutenant. J'ai entendu parler de cette histoire, ce matin, en écoutant la radio, en voiture. Quelle n'a pas été ma stupeur de constater que la victime en est l'une de mes plus brillantes étudiantes ! Je l'ai encore côtoyée, hier matin, lors de la cérémonie de remise des diplômes de l'année universitaire qui s'achève.*

— *Lors de la perquisition de son domicile, nous avons retrouvé ce document, emballé dans sa pochette. Nous pensons qu'elle a dû se faire agresser peu de temps après la fin de cette cérémonie.*

— *Que s'est-il donc passé ?*

— *À ce stade, il s'avère encore trop tôt pour formuler la moindre hypothèse : l'enquête ne fait que commencer.*

— *Je répondrai d'autant plus volontiers à vos questions que Mlle Émans est l'une de nos meilleures étudiantes : elle pourrait même intégrer notre école doctorale, mais je crois qu'elle a décidé de se tourner vers une voie un peu moins prestigieuse malgré ses excellents résultats.*

— *Selon les cartes d'étudiant, les relevés de notes et les parchemins que nous avons retrouvés à son domicile, elle a suivi les enseignements du diplôme que vous dirigez, durant ces deux dernières années, n'est-ce pas ?*

— *Tout à fait. Après avoir obtenu sa licence à la fac de droit de Toulouse avec quinze de moyenne, en juin 2015, elle nous a envoyé sa candidature afin d'intégrer notre master 1. Lors de la phase de sélection, nous l'avons acceptée sans difficulté particulière, eu égard à ses résultats antérieurs et à sa motivation : elle souhaitait acquérir des connaissances pointues sur les procédures, le contentieux et les systèmes judiciaires dans le but de passer le concours de l'École nationale des greffes, ou bien de devenir assistante dans un cabinet d'avocats, deux professions qui correspondent bien à notre programme. Notre comité pédagogique a donc retenu sa candidature dès le premier tour de sélection et nous n'avons jamais regretté ce* choix. Nous l'avons d'ailleurs d'autant moins regretté qu'elle a été élue déléguée de classe par ses camarades, durant les deux années universitaires successives qu'ils ont suivies ensemble.

— Que pouvez-vous me dire sur sa scolarité, durant les deux années où vous l'avez côtoyée ?

— Durant ces deux dernières années, Mlle Émans a continué à se maintenir au niveau d'excellence qui était le sien à son arrivée dans notre université, ce qui, eu égard à son handicap, ne plaisait pas à tout le monde au sein de sa promotion.

— Que voulez-vous dire ? Pourriez-vous illustrer vos propos par des faits précis ?

— Mlle Émans se déplaçant en fauteuil du fait de sa mobilité réduite, son état était connu de tous, y compris des étudiants qui ne faisaient que la croiser sans vraiment la côtoyer. Or, en début d'année, certains de ses camarades ont imaginé que nous l'avions acceptée uniquement pour remplir un quota de personnes handicapées. Cependant, au vu de ses premiers résultats, qui se sont avérés excellents étant donné notre niveau d'exigence, ceux qui se croyaient plus malins ont vite déchanté. Selon mon appréciation, certains ont même ressenti de l'amertume après avoir constaté qu'une personne, dont ils pensaient qu'elle était diminuée, pouvait obtenir de bien meilleurs résultats qu'eux-mêmes, mais que pouvais-je y faire ? Je n'allais tout de même pas lui demander de baisser de niveau afin de satisfaire les ego surdimensionnés de certains de ses camarades de promotion dépourvus de sa force de caractère face à l'adversité de la vie !

— Je comprends ce que vous voulez dire.

— Comme vous pouvez vous en douter et comme Mlle Émans le savait également, le handicap d'un candidat ne rentre aucunement en ligne de compte dans nos critères de sélection : si nous procédions de la sorte, nous pourrions être accusés de discrimination par les étudiants valides. Par conséquent, si elle avait mentionné son état dans son dossier, c'était uniquement afin de nous signifier la nécessité de lui faire suivre les cours et de lui faire passer les examens dans des locaux accessibles. Or, au moment de son admission, nous l'avons immédiatement rassurée sur ce point, ce qui a clos le sujet, dont je n'ai plus entendu parler de sa part durant les deux années qui ont suivi. Je peux même vous dire qu'elle se plaignait moins que certains, qui trouvaient toujours matière à contestation lorsque nous leur imposions la moindre contrainte !

— Auriez-vous noté d'autres faits saillants dans les relations qu'elle entretenait avec ses camarades de promotion, ou avec votre équipe d'enseignants ?

— Les enseignants de mon équipe pédagogique et moi-même avons l'habitude de donner à nos étudiants des exposés qu'ils doivent préparer en binôme. Or, à chaque fois que cette modalité leur a été imposée, Mlle Émans m'a demandé l'autorisation de préparer son sujet en solo. Sachant qu'elle exerçait une activité professionnelle parallèlement à ses études, j'ai accepté chacune de ses demandes en pensant qu'elle ne pouvait pas consacrer à ses exposés un temps infini.

— Que pouvez-vous me dire au sujet de son milieu social, de sa famille ?

— Je crois qu'elle vient d'une famille d'agriculteurs de la Région Occitanie et qu'en tant qu'aînée de sa fratrie, elle est la première personne de sa famille à avoir suivi des études supérieures. Or, comme vous avez dû le constater sur ses relevés de notes, le fait d'être issue d'un milieu modeste ne l'a jamais empêché d'obtenir d'excellents résultats durant ses cinq années de droit, ce qui témoigne de sa grande capacité d'adaptation à un monde très éloigné de son milieu d'origine.

— *Pourriez-vous me donner les coordonnées de ses camarades de master ?*

— *Vous ne soupçonnez tout de même pas l'un d'eux, n'est-ce pas ?*

— *À ce stade des investigations, nous ne pouvons écarter aucune piste : nous devons toutes les examiner.*

— *Je vais demander à ma secrétaire de vous envoyer cette liste, par mail, dans l'après-midi.*

— *Le plus tôt sera le mieux, en effet. Vous devrez également passer au service afin d'y signer votre déposition. Nous sommes désormais installés au 36, Rue du Bastion, dans le quartier des Batignolles. Je vous laisse mes coordonnées. N'hésitez pas à me contacter si un détail vous revenait.*

— *Si tel était le cas, je n'y manquerais pas.*

Après avoir salué le professeur, Yanaël rentra au Troisième DPJ saisir les propos qu'il venait de recueillir sur son carnet d'enquêteur. En fin d'après-midi, ses adjoints du jour rentrèrent également au service afin de lui rendre compte de leur enquête de terrain, dont les principaux éléments pouvaient être résumés en ces termes : « *Lauriane Émans est une cliente polie et fidèle à l'égard des commerçants du Quartier latin qu'elle côtoie régulièrement, depuis son arrivée à Paris. Sans exigence particulière à leur égard, elle attend son tour, sans chercher à bénéficier des passe-droits que son handicap pourrait lui conférer. Au sein de son immeuble, ses voisins, tous auditionnés, la décrivent comme une personne discrète, se contentant des salutations d'usage lorsqu'elle croise l'un ou l'autre d'entre eux, sans vraiment chercher à se lier avec qui que ce soit* ».

Les gardiens de la paix, auteurs de ce rapport, firent alors remarquer à leur lieutenant que cette attitude réservée ne s'avérait pas très inhabituelle dans une ville comme Paris, où chacun mène sa vie trépidante sans se soucier de celle des autres.

Lorsqu'il rentra chez lui, ce soir-là, Yanaël eut l'impression de ne pas avoir avancé d'un pouce, dans son enquête, par rapport à la situation dans laquelle il se trouvait la veille, à la même heure. Il espérait que les auditions des prochains jours lui apporteraient des informations un peu plus pertinentes, eu égard à la sauvagerie de l'agression dont Lauriane Émans avait été victime.

Chapitre 7

Deuxième audition de témoin

Mercredi 6 septembre 2017,
Hôpital Cochin,
Paris XIVème arrondissement,
9h 00 – 12h 00.

Pendant que ses adjoints convoquaient un par un les camarades de promotion de Lauriane, Yanaël se rendit au pôle de réanimation de l'Hôpital Cochin où celle-ci avait été transférée, dans la nuit du lundi au mardi, le médecin des urgences médico-judiciaires de l'Hôtel-Dieu ayant préconisé la surveillance rapprochée de l'évolution de son traumatisme crânien dans un service adapté. Mme Émans, sa mère, y était arrivée la veille afin d'être présente au plus près de sa fille, toujours dans le coma.

Après les présentations d'usage, ils s'installèrent dans une salle de réunion prêtée par la Direction, en vue de l'audition de Mme Émans comme témoin.

La saisie du procès-verbal de cette audition mentionna les échanges suivants :

— *Mme Émans, pourriez-vous me retracer, dans ses grandes lignes, le parcours biographique de votre fille, Lauriane ?*

— *Lauriane est née en 1994. Cependant, mon compagnon de l'époque ne l'ayant pas reconnue, elle a passé son enfance chez mes parents, avant d'être reconnue, deux ans après mon mariage, par mon mari, en 2003. Elle avait alors neuf ans et elle a vécu avec nous à partir de cette époque. Mon mari et moi avons deux autres enfants, deux garçons aujourd'hui adolescents, dont l'aîné est au lycée et le cadet au collège.*

Lauriane, ayant eu son bac à dix-huit ans, a ensuite suivi des études en licence de droit à l'Université Toulouse 1 Capitole. Après avoir obtenu ce diplôme, il y a maintenant deux ans, elle a souhaité poursuivre en master, dans une faculté de droit parisienne et a été admise à la Sorbonne. Elle pensait alors que le prestige de l'établissement pourrait lui ouvrir des portes dans la voie qu'elle avait choisie très jeune et dont elle n'a jamais dévié. Afin de financer à la fois le coût du master et sa vie à Paris, il y a deux ans également, elle a ouvert une microentreprise dans le but de proposer des prestations de transcription de réunions à des entreprises. Par le biais de contacts professionnels, elle a finalement trouvé deux clients qui recourent régulièrement à ses services, tout en lui permettant de se consacrer à ses études en parallèle. Sachant qu'elle serait complètement autonome financièrement, nous n'avons rien trouvé à redire à sa décision de déménager dans la capitale, notre inquiétude portant davantage sur la logistique nécessaire à ses déplacements en fauteuil. Cependant, avant de quitter Toulouse, elle nous avait assuré queParis était la ville de France la mieux lotie en ce domaine.

Concernant ses aptitudes intellectuelles, elle a su lire à l'âge de quatre ans après avoir appris toute seule et à partir de cette précocité, elle a très tôt développé une passion pour la lecture. Avant son agression, elle était capable de lire un livre quotidiennement, comme si son cerveau avait compensé son déficit de motricité par des aptitudes cognitives hors normes. Lorsqu'elle revenait nous voir, mes fils, ébahis par ces capacités, ne manquaient jamais de la taquiner gentiment à ce sujet, lui demandant chaque jour quel nouveau livre elle avait lu la veille. Au fil de ses nombreuses lectures de jeunesse, comme vous pouvez l'imaginer, elle a acquis une immense culture et d'après ce qu'elle a pu m'en dire, celle-ci a constitué un atout ayant grandement contribué à la réussite de ses études de droit.

En lien avec ces aptitudes, je crois qu'elle s'était récemment prise de passion pour l'écriture et que, durant les deux derniers étés, elle avait suivi les cours d'un atelier diffusé sur internet afin d'apprendre des techniques en la matière. Pendant un temps, elle avait même envisagé d'écrire un polar, mais très honnêtement, nous n'en avions pas reparlé avant son agression. Je ne peux donc pas vous dire à quel stade en est resté son projet, à ce jour.

— Savez-vous si elle a des amis, voire un petit ami ?

— Franchement, c'est une personne plutôt solitaire : elle n'a pas beaucoup d'amis, mais lorsqu'elle décide qu'une personne mérite d'être son amie, en général, c'est une amitié qui dure. Je sais qu'elle a gardé des contacts avec l'une de ses amies de lycée et avec l'un de ses amis de la fac de droit de Toulouse, originaire de Bordeaux. Je crois qu'elle préfère avoir peu d'amis dont elle se sent émotionnellement proche plutôt qu'un grand nombre d'amis sur les réseaux sociaux, dont elle juge les contacts trop superficiels. En tout cas, ceux-ci ne satisfont pas son besoin de relations profondes et authentiques, d'après ce qu'elle a pu m'en dire.

— Vous ne m'avez pas répondu au sujet d'un éventuel petit ami ?

— Nous ne lui connaissons aucun petit ami, ni actuel ni ancien, mais vu son jeune âge, cette situation ne nous inquiète pas outre mesure. Afin de me montrer tout à fait honnête avec vous, Lieutenant, je dois tout de même vous indiquer que Lauriane ne se confie pas à nous sur un sujet aussi personnel. Peut-être se confie-t-elle davantage à ses amis, question de génération ! Je ne suis donc pas la personne la mieux placée pour vous répondre, à ce sujet.

— Pourquoi ne se confie-t-elle pas à vous, d'après vous ?

— *D'un tempérament plutôt introverti, elle n'est pas du genre à faire étalage de ses sentiments. De plus, mon mari pouvant parfois se montrer très autoritaire, il ne comprend pas toujours la sensibilité particulière qu'elle a pu développer consécutivement aux différentes épreuves qu'elle a dû affronter, très jeune, telles que son handicap, ou le manque de référent paternel. Pour dire les choses simplement, leurs caractères respectifs ne s'avèrent pas très compatibles et par réaction, depuis que mon mari est arrivé dans ma vie, Lauriane s'est progressivement renfermée dans son monde d'intello, comme si celui-ci lui offrait une soupape de sécurité. De plus, la période de l'adolescence n'a fait qu'accentuer cet enfermement.*

Elle a d'ailleurs quelques bizarreries de comportement comme le fait de mettre son téléphone en permanence sur répondeur, de ne pas supporter le bruit, ni les longs trajets en voiture. En revanche, elle adore prendre le TGV parce qu'elle peut lire durant le voyage sans se sentir obligée de faire la conversation à quelqu'un. Nous avons l'habitude de ces bizarreries et lorsqu'elle vient nous rendre visite, nous essayons de respecter son besoin de tranquillité.

— *Comment la cohabitation de votre fille avec vos fils et avec votre mari se passe-t-elle ?*

— *Étant donné leur différence d'âge et les limitations que lui impose son handicap, ma fille ne partage pas beaucoup d'activités avec ses frères, qui sont plutôt sportifs et qui aiment bien se dépenser, comme les jeunes à cet âge. Cependant, ils se respectent et il n'y a pas de problèmes particuliers entre eux. Avec mon mari, la cohabitation se passe comme dans les familles recomposées, chacun devant parfois y mettre du sien pour arrondir les angles. Ainsi que je vous l'ai indiqué précédemment, leurs sensibilités respectives ne s'accordent pas vraiment.*

— *Lors de la perquisition de son studio, nous avons retrouvé son fauteuil électrique, ainsi que des dossiers médicaux relatifs à son handicap. Que pouvez-vous me dire à ce sujet ?*

— *Lauriane est atteinte de lésions cérébrales sur les commandes motrices principalement des membres inférieurs, en raison d'un manque d'oxygène à la naissance. Afin d'éviter que son état ne s'aggrave, elle est suivie par un neurologue de l'Hôpital Cochin qui lui prescrit régulièrement des séances de rééducation. Comme elle ne peut pas conduire, une société d'ambulances l'amène, en véhicule sanitaire léger, plusieurs fois par semaine, chez son kiné. C'est pour elle une contrainte supplémentaire qu'elle doit prendre en compte lorsqu'elle planifie ses nombreuses activités. Cependant, ayant suivi des séances de rééducation depuis son plus jeune âge, elle a parfaitement intégré cette contrainte, au même titre que de devoir faire des courses pour se nourrir par exemple.*

— *Justement, à ce propos, comment se débrouille-t-elle, dans la vie de tous les jours, seule à Paris ?*

— *Une aide ménagère passe une fois par semaine afin de s'occuper de son linge et de son intérieur. Concernant les autres actes du quotidien, elle s'avère complètement autonome : elle fait ses courses en petite quantité chez les commerçants du quartier et les courses pour le mois sur un site qui les lui livre à domicile. Concernant les déplacements trop importants pour être effectués en fauteuil électrique, elle fait appel à une société de transports adaptés. Lorsqu'elle décide de venir nous rendre visite, elle prend le TGV à Montparnasse en train direct jusqu'à Toulouse.*

— *Savez-vous comment elle a trouvé l'appartement qu'elle loue ?*

— *Je crois que c'est par l'une de ses connaissances.*

— *Pour en revenir à son agression, savez-vous si elle a des ennemis ?*

— *Je ne vois pas du tout qui a bien pu s'en prendre à elle de cette façon ni pourquoi. Dans son état, c'est plutôt une personne tranquille qui passe sa vie dans les livres et qui n'embête personne. Mon mari, mes fils et moi-même, après le choc que nous a causé cette nouvelle, avons été les premiers surpris qu'elle ait été victime d'un tel déchaînement de violence : nous ne lui connaissons aucun ennemi.*

— Je dois auditionner vos fils mineurs au sujet de leurs relations avec votre fille et je dois y procéder en votre présence, en raison de leur minorité. Sont-ils à votre domicile, encette fin de matinée ?

— Oui, ils sont à la maison, le mercredi matin. Ils en profitent pour faire leurs devoirs, en général, ou pour jouer à la console, avant de partir faire du sport le mercredi après-midi.

Après avoir recherché sur *Skype* les deux jeunes frères de Lauriane, Yanaël interrogea successivement chacun d'eux au sujet de leurs rapports avec leur grande sœur et afin de découvrir si celle-ci leur aurait confié craindre une personne en particulier. Cependant, il se rendit rapidement compte que sa différence d'âge, de neuf ans avec le cadet et de sept ans avec l'aîné, n'avait pas favorisé leur rapprochement. De plus, ceux-ci étant plutôt sportifs, ils ne savaient pas toujours comment se comporter vis-à-vis de leur grande sœur à mobilité réduite, dont ils avaient bien conscience du fait que celle-ci ne bénéficiait pas de chances identiques aux leurs dans la vie. Ils avaient donc pris le parti de respecter son besoin de tranquillité et d'indépendance, lorsqu'elle revenait les voir. Le reste du temps, ils se téléphonaient afin de se souhaiter leurs anniversaires respectifs, mais sans jamais rentrer dans les détails de la vie personnelle de chacun. Aussi, ces auditions n'apprirent-elles pas grand-chose à Yanaël.

Après avoir pris congé de Mme Émans, de retour au service, il entendit également à distance le père naturel de Lauriane, ainsi que le mari de Mme Émans. Le premier lui indiqua n'avoir jamais entretenu aucun contact avec sa fille naturelle depuis sa naissance et le second lui confirma les déclarations de son épouse, concernant les bizarreries de comportement de leur fille, Lauriane. De plus, au moment des faits, chacun disposait d'un alibi parfaitement vérifiable et qui fut vérifié par les enquêteurs sans qu'aucun des deux ne puisse donner lieu à contestation.

Au terme de cette journée marathon, le Lieutenant Marceau eut le sentiment de ne pas avoir beaucoup progressé sur ce dossier : il avait seulement appris que la victime de la Rue Soufflot était issue d'une famille recomposée, comme il y en avait tant, que son handicap moteur, dont elle souffrait depuis sa naissance, était d'origine neurologique et qu'elle avait besoin de tranquillité afin de mener à bien ses diverses activités intellectuelles. Autrement dit, il n'avait encore rien découvert qui aurait pu justifier l'agression subie par Lauriane Émans.

Depuis le début de cette enquête, le soir, lorsque Yanaël retrouvait la solitude, dans son appartement, il se posait vraiment des questions sur la nature humaine, ainsi que sur le degré de violence dont celle-ci était capable dans la société actuelle. Il y avait pourtant été préparé, durant ses dix-huit mois de formation à l'École de police, mais il ne parvenait toujours pas à intégrer les actes de violence gratuite qui semblaient dépourvus de mobile, apparent en tout cas.

De telles situations faisaient effraction dans son psychisme, comme tel avait été le cas de l'assassinat de son frère jumeau, quinze ans plus tôt. Il se demandait alors si sa vocation d'officier de police judiciaire allait résister longtemps à un tel niveau d'adversité. Cependant, il était plus déterminé que jamais à trouver l'auteur de cette agression barbare, ne serait-ce que pour rendre justice à la victime. À cet effet, il allait devoir continuer son travail de fourmi en auditionnant d'autres personnes gravitant dans le cercle proche de Lauriane Émans.

Chapitre 8

Troisième audition de témoins

Jeudi 7 septembre 2017
& vendredi 8 septembre 2017,
36, Rue du Bastion, Troisième DPJ,
Paris XVIIème arrondissement,
8h00 – 18h00.

CE JOUR-LÀ, Yanaël et les gardiens de la paix qui le secondaient dans l'affaire Lauriane Émans auditionnèrent comme témoins ses camarades de promotion, ce qui représentait une trentaine de personnes. Ceux d'entre eux encore présents à Paris, ou en région parisienne, avaient été convoqués au Troisième DPJ. Les autres furent entendus à distance, sur *Skype*.

Globalement, il ressortit de ces auditions que Lauriane Émans était une étudiante assidue, responsable et qui avait été élue déléguée de classe, au début de ses deux années de master. À ce titre, elle avait effectué le lien entre, d'une part, les étudiants, et d'autre part, les enseignants et les personnels administratifs rattachés à cette formation.

Certains de ses camarades précisèrent aux enquêteurs qu'elle ne se joignait pas toujours à chacune de leurs sorties, tous les lieux n'étant pas accessibles en fauteuil et la société de transports adaptés n'étant pas en mesure de la reconduire à son domicile tard, dans la soirée. D'autres évoquèrent son activité professionnelle qui la contraignait parfois à abréger les échanges à la sortie des cours. Ses plus proches amis mentionnèrent certaines de ses bizarreries de comportement, tel que le fait de placer en permanence son téléphone sur répondeur, ou encore son souhait de préparer ses exposés en solo. Ils expliquaient cette attitude par un manque de temps dans un planning très serré et s'y étant habitués, ils ne s'en formalisaient plus.

À la question de savoir si Lauriane avait un petit ami, sa meilleure amie de master indiqua aux enquêteurs ne jamais en avoir entendu parler, sans pouvoir dire si cette solitude relevait d'un choix auquel elle avait décidé de se tenir jusqu'au terme de ses études, ou d'un empêchement physique lié à son handicap. Elle avoua ne jamais avoir osé le lui demander par crainte d'empiéter sur un terrain trop personnel.

Ceux de ses camarades, qui s'étaient demandé, en début d'année, si sa présence dans leur promotion était due à l'obligation pesant sur l'administration de remplir un quota de personnes handicapées, avouèrent avoir rétrospectivement eu honte de s'être posé une telle question, « *eu égard à ses résultats et aux difficultés générées par son handicap qu'elle avait parfaitement surmontées* », selon la perception qu'ils en avaient.

Les enquêteurs auditionnèrent également les DRH des deux entreprises pour lesquelles Lauriane transcrivaient des réunions. Ceux-ci se dirent, chacun à leur tour, « *satisfaits du travail qu'elle effectuait avec le plus grand sérieux et sans avoir manqué une seule session en deux ans de collaboration* ». Ils regrettaient même qu'elle doive mettre un terme à son activité, après avoir terminé son cursus à Paris, ce qui allait les contraindre à trouver un autre transcripteur.

Les enquêteurs auditionnèrent également son kiné, qu'elle voyait trois fois par semaine, ainsi que son aide ménagère qui passait à son domicile une fois par semaine. Tous deux savaient qu'elle était originaire de la Région Occitanie et qu'elle était venue à Paris afin de suivre des études en quatrième et cinquième années de droit, à *la Sorbonne*. Ils la décrivirent comme une personne réservée, mais très volontaire. Lorsque la question leur fut posée, ils répondirent, chacun séparément, qu'ils ne lui connaissaient aucun ennemi susceptible d'avoir perpétré l'agression dont elle avait été victime.

Les enquêteurs auditionnèrent enfin son médecin référent, qui était aussi le neurologue qui la suivait pour son handicap moteur à l'Hôpital Cochin. À ce titre, il la voyait quatre fois par an, afin de lui prescrire une ordonnance de renouvellement de ses séances de rééducation. À cette occasion, sachant qu'elle n'avait pas de famille à Paris et que son niveau d'études exigeait des aptitudes cognitives élevées, il s'enquerrait toujours de son moral et de sa capacité à s'adapter à la vie parisienne, ainsi qu'au stress des examens.

Selon son témoignage, « *Mlle Émans s'était très bien adaptée à sa nouvelle vie à Paris et ses résultats universitaires, dont elle lui avait régulièrement fait part, avaient été satisfaisants durant les deux années qu'elle avait passées à la Sorbonne* ». Par conséquent, son médecin ne pouvait que se féliciter de sa réussite.

Parvenus au terme de ces auditions, les enquêteurs n'étaient pas plus avancés que lorsqu'ils les avaient commencées, quatre jours plus tôt, l'affaire de la Rue Soufflot n'ayant pas encore livré tous ses secrets. Cependant, ils étaient loin d'imaginer qu'une autre affaire allait venir épaissir ce mystère.

Chapitre 9

Pierre Dobriac,
l'ambulancier disparu

Samedi 9 septembre 2017,

Troisième DPJ, 36, Rue du Bastion,

Paris XVIIème arrondissement,

8h00 – 18h00.

C E MATIN-LÀ, alors qu'il aurait pu profiter de son week-end, Yanaël arriva, comme il en avait désormais l'habitude, à 8 heures au Troisième DPJ, avec la ferme intention de mettre au carré la procédure, dans l'affaire de la Rue Soufflot. À cet effet, il devait saisir le bilan de la perquisition et des premières constatations effectuées dans l'appartement de Lauriane Émans, le lundi soir. De plus, il devait également coucher sur procès-verbal les auditions de chaque témoin interrogé par lui-même, ou par ses adjoints, durant les quatre jours précédents. Enfin, il devait rendre tous ces éléments présentables à l'égard des nombreux acteurs de la chaîne pénale, en les classant selon un ordre précis et en mentionnant sur chaque document la cote qui lui revenait.

En fin de matinée, alors qu'il n'était parvenu qu'à la moitié de ce fastidieux travail de procédurier, le Commissaire Langlois entra en trombe dans son bureau et l'apostropha vivement :

— Marceau, on a une autre affaire sur les bras : on vient de recevoir un appel de l'état-major signalant une disparition inquiétante.

— Pourquoi l'état-major ne saisit-il pas le commissariat du quartier de la victime présumée ?

— Apparemment, la victime présumée, comme vous dites, serait l'ambulancier qui aurait découvert la scène de crime dans l'appartement de la victime de la Rue Soufflot, un certain Pierre Dobriac. Vous vous êtes rendu sur les lieux avec le Commandant Fresnay, lundi soir. Avez-vous recueilli son témoignage sur place ?

— En effet, je me souviens de cet ambulancier. Il s'agit de Pierre Dobriac. Il est âgé de quarante-six ans et après avoir exercé comme taxi indépendant pendant vingt ans, il nous a indiqué « *en avoir eu assez des contraintes liées à son entreprise qui ne lui laissait aucun répit* ». Il l'a donc liquidée durant l'été 2016 et il a ensuite envoyé sa candidature à des sociétés d'ambulances du cinquième et du quatorzième arrondissements, qu'il avait préalablement sélectionnées en raison de leur proximité avec son domicile situé Rue Delambre. Au mois de septembre dernier, il a reçu une réponse favorable de la *Société des Ambulances du Panthéon* qui l'a alors recruté.

Concernant en particulier la victime de la Rue Soufflot, lundi soir, lorsque le Commandant Fresnay et moi-même l'avons interrogé à ce sujet, il nous a dit que, depuis son embauche, il l'avait régulièrement conduite, c'est-à-dire au moins une fois tous les quinze jours, en alternance avec ses collègues, à ses rendez-vous médicaux, ou paramédicaux. À cette occasion, celle-ci avait souvent évoqué avec lui ses études à *la Sorbonne*, ainsi que son activité professionnelle et ainsi, au fil des transports, ils avaient sympathisé.

Selon lui, elle manquait rarement une séance de rééducation et encore moins sans prévenir qui que ce soit. Par conséquent, en raison de l'assiduité de sa patiente, il s'était étonné de ne recevoir de réponse ni à l'interphone ni au téléphone, lundi, à 16 h 45, lorsqu'il s'était présenté à son domicile, afin de la déposer dans un cabinet de kinés situé Rue du Montparnasse où elle était attendue à 17 heures. Sachant que cette situation ne correspondait en rien aux habitudes de Lauriane Émans, il s'en était inquiété et avait appelé les pompiers pour une levée de doutes.

Nous lui avons bien sûr demandé si celle-ci se sentait menacée, ces derniers temps, mais il nous a certifié que, pour ce qu'il avait pu en percevoir en discutant avec elle, tel n'était pas du tout le cas : il ne lui connaissait aucun ennemi et lui-même ne nous a pas paru particulièrement préoccupé par rapport à un danger quelconque susceptible d'expliquer sa disparition. Par qui a-t-elle été signalée ?

— Son employeur, le gérant de la société d'ambulances, a téléphoné au commissariat du cinquième. Or, son identité ayant été relevée, lundi soir, par l'OPJ dépêché sur place, lors de ce signalement, celui-ci a fait le rapprochement avec l'affaire de la Rue Soufflot. Le commissaire du cinquième a donc alerté l'état-major qui vient de nous appeler.

D'après les premières déclarations du directeur, Pierre Dobriac ne serait pas venu travailler, hier, vendredi et il ne se serait pas non plus présenté à son travail, ce matin, alors qu'il était censé faire partie de l'un des binômes de permanence du week-end. Devant cette absence inexpliquée et inhabituelle, son chef d'équipe aurait tenté à plusieurs reprises de le joindre sur son portable, mais il serait tombé uniquement sur sa messagerie. Il aurait donc envoyé deux de ses collègues à son domicile, au cas où il serait arrivé quelque chose à Pierre Dobriac alors que celui-ci se serait trouvé seul chez lui. Cependant, personne n'aurait répondu à l'interphone et les volets de l'appartement n'auraient pas été ouverts depuis jeudi, selon les informations recueillies par cet équipage auprès des voisins d'en face.

— Sur son CV, a-t-il mentionné son statut matrimonial ?

— Selon ce document, il serait divorcé, père de deux enfants majeurs et aurait une compagne.

— Celle-ci ne s'est-elle pas inquiétée de sa disparition ?

— Apparemment, tel n'est pas le cas.

— Il faudrait l'interroger en priorité.

— D'après ce qu'a indiqué le chef d'équipe au commissariat du cinquième, elle serait directrice commerciale en France d'un laboratoire pharmaceutique américain mondialement connu et à ce titre, elle effectuerait de fréquents déplacements, à New York, au siège, dans le but d'assister à des séminaires de travail. Par conséquent, si elle se trouve aux États-Unis depuis plusieurs jours, elle ne doit même pas être au courant de la disparition de son compagnon. Lorsque vous en aurez terminé avec la procédure, consultez les listings de vol à destination de New York afin de vérifier si elle a voyagé sur l'un d'eux depuis mardi. D'ici là, trouvez-vous des adjoints sur le tableau des effectifs et demandez-leur de se renseigner sur Pierre Dobriac. Je veux tout savoir sur lui depuis la maternelle !

— C'est le week-end, Commissaire. Les administrations sont fermées !

— En attendant lundi, demandez aux gardiens de la paix qui vous secondent de passer son nom dans les fichiers de police et de gendarmerie, de chercher des informations sur internet le concernant et envoyez-les interroger, à son sujet, le directeur de la société d'ambulances, les ambulanciers de permanence, ainsi que tous les habitants et les commerçants de la Rue Delambre et du quartier. Vos adjoints trouveront certainement sa photo en ligne.

Ainsi, ils pourront la présenter aux témoins, lors de leurs recherches dans le voisinage. À partir de lundi, vous émettrez des réquisitions à l'égard de son opérateur de télécommunication. Si sa compagne est actuellement en déplacement professionnel à l'étranger, vous tâcherez de rentrer en contact avec elle, sur *Skype*, ou par tout autre moyen numérique et vous l'interrogerez à distance.

Concernant la procédure, à partir de lundi, le Parquet va mettre un terme à l'enquête de flagrance dans l'affaire de la Rue Soufflot et va requérir la saisine d'un juge d'instruction afin que celui-ci ouvre une information judiciaire conjointe aux deux affaires. Je ne vous fais pas un dessin : en tant qu'enquêteur principal, vous devrez présenter à ce juge une procédure au carré, relativement à cette première semaine de travail. Sinon, c'est votre tête qui va être mise au carré, Marceau !

De plus, le ministre de l'Intérieur, craignant qu'un tueur en série ne s'en prenne à toutes les personnes handicapées de la capitale, n'arrête pas de me souffler dans les bronches : il m'appelle tous les jours afin de savoir où en est l'enquête et si vous ne trouvez rien, c'est moi qui vais vous soufflez dans les bronches ! Que ce soit sur l'affaire Lauriane Émans, ou sur l'affaire Pierre Dobriac, vous avez plutôt intérêt à produire des résultats ! Vous m'avez bien compris, Marceau ?

— Très bien, Commissaire !

Après en avoir terminé avec la procédure, au terme de cette semaine harassante, Yanaël rentra à son domicile en se demandant quelles actions il allait bien pouvoir entreprendre, les jours suivants, afin de faire progresser ce dossier. La nuit lui porta conseil.

Chapitre 10

Commandant
Lionel Fresnay,
le mentor

Dimanche 10 septembre 2017,
Le Courbat, Village du Liège (37),
11h00 – 12h00.

APRÈS AVOIR PASSÉ une nuit agitée à ressasser les différentes hypothèses possibles dans l'affaire de la Rue Soufflot, Yanaël décida d'aller rendre une visite surprise au Commandant Fresnay. Depuis le mardi précédent, celui-ci était en arrêt maladie pour un burnout dont il souffrait de longue date sans parvenir à s'en remettre, alternant les périodes de rémission et de rechute. Afin d'optimiser ses chances de guérison, son médecin avait requis son hospitalisation au centre de soins du Courbat. Depuis 1953, celui-ci était dédié à la réadaptation des personnels des ministères de la Justice, de la Défense et de l'Intérieur ayant subi de graves blessures physiques ou psychiques durant leur service.

Situé sur la commune du Liège, un village de trois-cents habitants niché au cœur de la Touraine, il comprenait un parc de quatre-vingts hectares de verdure bordé par une forêt et entrecoupé par deux étangs. À lui seul, un tel cadre bucolique favorisait déjà l'apaisement des âmes blessées de ses pensionnaires.

En passant par l'autoroute A10, Yanaël avala en trois heures les quelque deux-cents kilomètres de trajet, depuis Paris, sans prendre le temps, tellement il était absorbé par son enquête, d'admirer les paysages de la région Centre-Val-de-Loire pourtant si appréciés des chasseurs pour leurs étendues et leur nature sauvage. Arrivé au Courbat vers 11 heures, il constata qu'il ne disposait que de peu de temps pour exposer son problème à son chef de groupe, avant l'heure de déjeuner des résidents du centre, prévue à midi. Il se dit alors qu'il allait devoir abréger les échanges tout en essayant de trouver une solution qui lui permette de relancer ses investigations. Après s'être garé sur le parking réservé aux visiteurs, il continua son chemin à pied vers l'accueil, mais, entretemps, il aperçut le Commandant Fresnay en train de lire, sur un banc, dans le parc, à l'ombre d'un chêne majestueux.

Le Commandant Fresnay fut étonné de le voir. Cependant, il accueillit chaleureusement son jeune collègue :

— Salut, le bleu ! Je ne t'attendais pas ! Quel bon vent t'amène ?

— Bonjour, Commandant, comment allez-vous ?

— Comme tu le vois, ici, on est très loin de la grisaille et de la racaille parisienne. Le cadre est reposant et les activités sont adaptées à l'état de forme de chacun. J'espère bien qu'après un tel séjour, je vais m'en sortir, cette fois, de cette saleté de burnout ! En attendant, tu n'as pas répondu à ma question : quel bon vent t'amène ?

— Ce n'est pas vraiment un bon vent.

— Je m'en doute, si tu viens me voir un dimanche au lieu de profiter de ton week-end.

— Par avance, veuillez m'excuser de vous déranger en pleine période de repos, Commandant, mais je viens de me faire souffler dans les bronches par le commissaire et j'ai besoin de vos conseils sur l'affaire de la Rue Soufflot. Secondé par des gardiens de la paix qualifiés en police judiciaire, j'ai passé en revue tous les aspects de la vie de la victime, c'est-à-dire sa vie familiale, amicale, étudiante et professionnelle.

De plus, j'ai auditionné son cercle rapproché, c'est-à-dire sa mère, son père naturel qui ne l'a pas reconnue, le mari de sa mère qui l'a reconnue lorsqu'il a épousé cette dernière, ses deux frères mineurs, le directeur du master de droit dont elle a suivi les enseignements à *la Sorbonne* durant ces deux dernières années, ses camarades de promotion, les DRH des deux sociétés pour lesquelles elle transcrit des procès-verbaux de réunion, son médecin référent, ainsi que son kiné et son aide ménagère. Selon mes directives, les gardiens de la paix ont également entendu tous les résidents de l'immeuble, son propriétaire, les habitants du quartier et les commerçants accessibles, dans un rayon de deux kilomètres autour de son domicile.

Comme vous le savez, nous avons interrogé ensemble, lundi soir, l'un des ambulanciers qui la conduisait de façon récurrente à ses rendez-vous de santé. Cependant, à ce stade des investigations, nous n'avons trouvé aucun fait saillant susceptible de justifier l'agression dont celle-ci a été victime : chacun s'accorde à dire qu'il s'agit d'une personne responsable, sérieuse, polie, serviable, discrète et n'ayant jamais eu maille à partir avec qui que ce soit, d'après ce qu'ils ont pu en percevoir. Enfin, les traces de sang constatées et les prélèvements effectués à son domicile ne se rapportant à personne d'autre qu'à elle-même, les conclusions de la police technique et scientifique ne nous sont pas d'un grand secours.

Niveau procédure, selon le commissaire, dès demain, le Parquet va mettre un terme à la période de flagrance et requérir la saisine de l'un des juges d'instruction en vue de l'ouverture d'une information judiciaire. Je vous avoue que je suis complètement perdu et que je ne sais plus quelle piste exploiter.

— As-tu apporté les procès-verbaux des auditions de cette semaine ?

— J'ai travaillé dessus, hier, afin de mettre la procédure au carré et je les ai photographiés avec mon portable. Ensuite, je les ai transférés sur ma tablette dans le but de vous les montrer aujourd'hui. Cela n'est pas très déontologique, mais je suis à court d'idées pour poursuivre l'enquête et comme c'est ma première, vous pouvez imaginer ce que les collègues vont penser de moi, au Troisième DPJ, si je me plante dans les grandes largeurs, ou si je n'aboutis à rien, malgré la masse de travail effectuée : ils vont dire que je ne fais que brasser de l'air et ils vont me renvoyer à l'École de police !

— T'inquiète ! Montre-moi ça ! Je vais essayer d'y voir clair. C'est toujours intéressant de bénéficier d'un regard neuf sur une enquête. Tu as bien fait de venir me voir et concernant la déontologie, on fait tous des écarts quand cela peut faire progresser la réflexion.

Le Commandant Fresnay prit alors connaissance, pendant quarante-cinq minutes d'une lecture soutenue, des transcriptions des auditions de tous les témoins que Yanaël, ou les gardiens de la paix, avaient entendus durant les jours précédents. Au terme de cet effort, grâce à ses vingt ans d'expérience d'officier de police judiciaire, il mit l'accent un point qui semblait avoir été mentionné de façon récurrente par plusieurs de ces personnes :

— Sa mère, ses camarades de promo, son ambulancier et son aide ménagère soulignent tous que son portable était en permanence sur répondeur, ce qu'ils ont pu trouver agaçant, au bout d'un moment, même s'ils ne l'ont pas dit franchement. Ses frères et sa mère évoquent son besoin de tranquillité. Selon ses camarades de promo, elle se joignait rarement à leurs pots, à la sortie des cours, malgré son statut de déléguée de classe et le directeur de son master affirme qu'elle refusait systématiquement de préparer ses exposés en binôme. De plus, d'après ce que je lis sur son procès-verbal d'audition, sa mère t'a bien précisé qu'elle n'avait pas de compte sur les réseaux sociaux parce que ces échanges lui paraissaient trop superficiels, n'est-ce pas ?

— En effet. J'ai vérifié sur les principaux réseaux sociaux et je n'ai trouvé aucun compte à son nom. J'ai seulement parcouru, sur internet, un site qu'elle a conçu, à titre de vitrine de son activité de transcription.

— C'est quand même étrange pour une personne de son âge, à notre époque ! Si on met de côté son statut de déléguée de classe, on dirait qu'elle cherchait à se faire la plus discrète possible, dans tous les domaines de sa vie. Tu vois, à mon avis, soit elle manquait de temps pour mener à bien toutes ses tâches et elle essayait d'optimiser comme elle le pouvait celui dont elle disposait, soit elle avait peur de quelqu'un, soit elle évitait des contacts sociaux qui lui paraissaient futiles, voire inutiles, pour une raison que l'on ne connaît pas.

— À ce sujet, sa mère a insisté sur des « bizarreries de comportement », comme celles que vous venez d'évoquer. Celles-ci auraient débuté à l'adolescence et, apparemment, auraient perduré jusqu'à maintenant. Cependant, sa famille ne s'en est pas inquiétée outre mesure, pensant, dans un premier temps, que ces comportements étaient dus à cette période de transition, qui s'avère toujours critique dans la vie de chacun.

Ensuite, lorsque ceux-ci ont perduré, à son entrée dans l'âge adulte, son entourage ne s'en est pas plus inquiété, sachant qu'elle menait de front un grand nombre d'obligations qui lui prenaient tout son temps, telles que ses études de droit qui devenaient de plus en plus exigeantes au fil des années, ses séances de rééducation effectuées trois fois par semaine et depuis son arrivée à Paris, son activité de transcription.

De plus, du fait de son invalidité, elle devait planifier, avec une société de transports adaptés, les déplacements pour lesquels elle n'était pas complètement autonome avec son fauteuil électrique. Enfin, son médecin référent de l'Hôpital Cochin, qui est aussi son neurologue, m'a précisé que son handicap moteur pouvait entraîner une fatigabilité plus importante, surtout en fin de journée, comme tel est le cas chez tous les patients atteints de lésions cérébrales, quelle qu'en soit la cause. Par conséquent, on peut comprendre que, pour se réserver des temps de récupération, elle ait décidé de bannir de sa vie des activités sociales dont elle jugeait qu'elles ne lui auraient pas apporté grand-chose, si ce n'est l'inconvénient de désorganiser un planning déjà très serré.

— Certes, comme tu le dis, on peut le comprendre et ce raisonnement s'avère tout à fait valable pour quiconque connaît le contexte dans lequel elle évolue, avec ses nombreuses obligations, les conséquences générées par son invalidité et le fait qu'elle doive assumer seule son organisation dans une ville comme Paris, dont les infrastructures ne sont pas toujours adaptées aux personnes en fauteuil. Cependant, poussé à son paroxysme, un comportement aussi singulier a pu finir par causer une certaine frustration, à son encontre, chez quelqu'un qu'elle avait l'occasion de côtoyer, mais qui ne pouvait pas imaginer le contexte que tu viens de décrire.

— Je ne pensais pas que des détails aussi insignifiants pouvaient avoir une telle importance, dans une enquête sur des faits aussi graves.

— Dans une enquête, ce souvent les petits détails qui font toute la différence. Il va falloir t'y faire, le bleu !

Certes, mais qu'est-ce que je suis censé faire de ces petits détails, comme vous dites ? Je ne peux quand même pas dire au juge d'instruction que Lauriane Émans a failli mourir parce qu'elle présente des bizarreries de comportement, ou encore parce que, avant son agression, elle avait un planning digne d'un ministre. Il va penser que je me moque de lui !

— Tu devrais demander au juge de requérir l'expertise de la psychocriminologue rattachée à la DRPJ. À mon avis, elle pourra mieux te renseigner que moi qui ne suis pas un spécialiste des troubles du comportement.

— Au fait, Commandant, j'ai oublié de vous communiquer une information importante concernant cette affaire : l'ambulancier, venu chercher la victime pour la conduire à sa séance de rééducation, lundi, en fin d'après-midi et que nous avons interrogé ensemble, lundi soir, a disparu depuis au moins trois jours. En réalité, aucun de ses collègues ne l'ayant plus revu et n'ayant eu aucun contact avec lui depuis la fin de sa journée de travail de jeudi, personne n'est en mesure d'établir l'heure exacte de sa disparition, si ce n'est une fourchette comprise entre jeudi soir, 19 heures et vendredi matin, 8 heures, horaire habituel de sa prise de poste au sein de la société d'ambulances. De plus, il ne s'y est pas non plus présenté, hier matin, alors qu'il aurait dû assurer avec son binôme la permanence du week-end.

— De mieux en mieux ! Elle sent le soufre, cette affaire ! Je te souhaite bon courage pour démêler un sac de nœuds pareil, mais je ne pourrais pas t'aider plus que je viens de le faire.

— Vous m'avez déjà beaucoup aidé, Commandant Fresnay et je vous en suis infiniment reconnaissant. Je vais prendre en compte vos conseils.

— Pas de quoi, le bleu ! Tiens-moi au courant de la suite. À la prochaine !

— À la prochaine, Commandant et profitez bien de votre séjour pour vous reposer et vous remettre sur pied. On a besoin de vous au Troisième DPJ. Le commissaire ne cesse de me le répéter tous les jours !

— Grand bien lui fasse !

Après ces quinze minutes de discussion, midi sonnant au carillon de l'église du village du Liège, le Commandant Fresnay rejoignit les autres pensionnaires de l'établissement dans la salle du déjeuner, tandis que le Lieutenant Marceau regagna Paris, le moral bien meilleur que celui-ci ne l'avait jamais été depuis le début de cette enquête, pour entamer sa deuxième semaine au Troisième DPJ. Pour la première fois, au terme de huit jours de travail acharné, il apercevait enfin un rai de lumière au bout de ce long tunnel que représentait pour lui l'affaire de la Rue Soufflot.

Chapitre 11

Bernard Lourmel,
le juge d'instruction

Lundi 11 septembre 2017,

Pôle d'instruction

du Tribunal de grande instance,

Avenue de la Place de Clichy,

Paris XVIIème arrondissement,

9h00 – 9h30.

Comme le Commissaire Langlois l'avait annoncé au Lieutenant Marceau, dès le lundi entamant la deuxième semaine d'enquête sur l'affaire de la Rue Soufflot, le Parquet requit la saisine de l'un des juges présents sur le tableau de permanence du pôle d'instruction du Tribunal de grande instance de Paris. Le doyen des juges d'instruction, en tant que chef du pôle en charge de la répartition des dossiers, désigna à cet effet Bernard Lourmel, âgé de cinquante ans et possédant quinze années d'expérience à l'instruction, après avoir été juge aux affaires familiales pendant les dix premières années de sa carrière passées dans un tribunal de province.

Ce matin-là, dès son arrivée au Troisième DPJ, Yanaël apprit par le Commissaire Langlois qu'il avait rendez-vous avec le juge, à 9 heures, selon les informations transmises au service par sa greffière. Après avoir discuté des derniers développements de l'affaire avec le commissaire, autour d'un café, Yanaël se rendit donc directement au pôle d'instruction du tribunal. À cet effet, il traversa la passerelle qui séparait la DRPJ du Tribunal de grande instance, ces deux institutions ayant été réunies à proximité, lors de la conception du nouvel ensemble des Batignolles, afin de faciliter le transfert des détenus d'un secteur à l'autre, ainsi que le travail des différents acteurs de la chaîne pénale.

À 9 heures précises, il fut introduit par sa greffière dans le bureau du juge d'instruction qui l'accueillit en ces termes :

— Bonjour, Lieutenant Marceau. Le Parquet vient de me saisir de l'affaire de la Rue Soufflot. Dans son réquisitoire introductif, le Procureur évoque une victime avérée, une étudiante en droit à *la Sorbonne*, ainsi qu'une victime présumée, un ambulancier de la *Société des Ambulances du Panthéon*. Pouvez-vous m'éclairer sur le lien entre ces deux personnes ?

— Bonjour Monsieur le Juge. L'ambulancier, disparu depuis jeudi soir, a découvert la scène de crime, lundi dernier, et il a ensuite appelé les pompiers venus porter secours à la victime. S'agissant d'une personne à mobilité réduite qui ne conduisait pas, il la transportait, en alternance avec d'autres chauffeurs, régulièrement à destination de ses rendez-vous médicaux, notamment vers un cabinet de kinés situé Rue du Montparnasse où elle recevait trois fois par semaine des soins en rapport avec une affection de longue durée. Or, cet ambulancier nous ayant indiqué avoir noué des rapports d'amitié avec la patiente, au fil des trajets qu'ils ont effectués ensemble, nous en avons déduit que les deux dossiers devaient être liés, même si, pour le moment, nous n'avons trouvé pour chacun d'eux aucun mobile ni aucun suspect potentiel.

— Bien. Ce lien me paraît pertinent. Concernant l'affaire Lauriane Émans, en me basant sur vos premières constatations, sur le rapport de la police technique et scientifique, ainsi que sur les conclusions du médecin des urgences médico-judiciaires, je vais ouvrir une information judiciaire pour tentative de meurtre et actes de barbarie sur personne vulnérable du fait de son handicap, afin de tenir compte de la dégradation de son fauteuil en plus de l'agression initiale. Concernant l'affaire Pierre Dobriac, je vais ouvrir une information judiciaire pour disparition inquiétante. Vous traiterez ces deux affaires conjointement, sous mon autorité et sous ma direction. Avez-vous des pistes concernant l'une, ou l'autre, ou les deux ?

— La disparition de l'ambulancier ayant été signalée par son employeur il y a moins de quarante-huit heures, nous n'avons pas beaucoup progressé durant le week-end. Mes adjoints se sont rendus au siège de la société d'ambulances, mais les ambulanciers de permanence ayant été appelés sur une intervention, ils n'ont pas pu les interroger. Ils ont croisé rapidement le gérant qui leur a retracé le parcours professionnel antérieur de cet ambulancier, à partir de son CV, celui-ci travaillant pour *Les Ambulances du Panthéon* depuis seulement un an. Avant cela, il avait été taxi indépendant, mais, lassé par les contraintes du métier, il avait récemment décidé de devenir salarié. Selon les propos du directeur, « *Pierre Dobriac donnant pleinement satisfaction, aucun des clients de la société d'ambulances ni aucun des collègues avec lesquels il travaillait en binôme n'était venu se plaindre de son attitude* ».

Concernant son statut matrimonial, il est divorcé, a deux enfants majeurs et étudiants qui ne vivent pas chez lui et il cohabite avec une personne qui serait directrice commerciale en France pour un laboratoire pharmaceutique américain mondialement connu. À ce titre, celle-ci effectuerait de fréquents déplacements au siège de l'entreprise, à New York, pour une quinzaine de jours à chaque fois. Apparemment, tel doit être le cas en cette période, une équipe d'ambulanciers s'étant rendue au domicile que Pierre Dobriac partage avec sa compagne, Rue Delambre et ayant trouvé porte close.

De plus, selon les voisins d'en face, les volets de l'appartement n'auraient pas été ouverts depuis jeudi, cette date correspondant également à son dernier jour de présence au travail.

Pendant le week-end, des gardiens de la paix ont frappé à toutes les portes des immeubles et des commerces de la Rue Delambre, ainsi qu'à celles du quartier, en montrant la photo de Pierre Dobriac aux personnes interrogées, sans recueillir d'information particulière le concernant. L'un de mes adjoints a effectué des recherches sur internet à son sujet, sans rien noter de spécial, si ce n'est des comptes sur les réseaux sociaux qui auraient été clôturés il y a cinq ans, selon les hébergeurs de ces sites.

Nous avons convoqué en audition chacun des membres de la société d'ambulances afin de les entendre comme témoins, dès cette semaine et je vais moi-même tâcher de contacter sa compagne sur une application de mise en relation afin de l'entendre au plus vite, celle-ci se trouvant probablement aux États-Unis.

J'aurais besoin d'une commission rogatoire pour pouvoir perquisitionner leur appartement commun, ainsi que pour réquisitionner l'opérateur de télécommunication de Pierre Dobriac et les administrations habituelles susceptibles de nous fournir des renseignements sur son train de vie.

— Vous les aurez dans la journée. Où en êtes-vous concernant l'affaire de l'étudiante à *la Sorbonne* ?

— Nous avons auditionné, à titre de témoins, ses proches et ses moins proches, en fonction de la théorie des cercles concentriques, en commençant par les plus proches et en élargissant le cercle, au fur et à mesure de l'enquête. Or, selon les divers témoignages que nous avons pu recueillir, celle-ci passe pour une personne sérieuse, responsable, polie et réservée. Par exemple, les commerçants du quartier nous ont indiqué que, du fait de son état, elle aurait pu bénéficier de passe-droits lorsqu'elle se rendait dans leurs magasins, mais qu'elle ne cherchait pas à en profiter et qu'elle attendait son tour comme tout le monde. D'après ce que nous sommes en mesure de savoir, elle n'aurait jamais eu maille à partir avec qui que ce soit, ce qui ne facilite pas notre enquête. Cependant, au cours des auditions, nous avons relevé un aspect saillant de sa personnalité, laissant apparaître un évitement des contacts sociaux et un perpétuel souci de discrétion, exception faite du mandat de déléguée de classe qu'elle a exercé durant ses deux années de master.

À ce stade des investigations, il ne s'avère pas vraiment possible de connaître la ou les raisons susceptibles de justifier son attitude. Nous avons donc émis plusieurs hypothèses : soit elle avait peur de quelqu'un, soit elle manquait de temps pour mener de front un grand nombre d'activités, ainsi que la planification des déplacements pour lesquels elle n'était pas autonome. En réaction, elle a pu décider de limiter des contacts sociaux qui lui paraissaient inutiles, voire futiles, sachant que ceux-ci risquaient de désorganiser un planning déjà bien chargé et qu'un tel handicap entraîne une fatigabilité plus importante chez les sujets qui en sont atteints, selon ce que nous a indiqué son médecin. Enfin, elle souffrait peut-être d'une sorte de phobie sociale, sans que celle-ci n'ait jamais été diagnostiquée, plusieurs membres de son entourage le plus proche ayant évoqué des « *bizarreries de comportement* », comme le fait de laisser son téléphone sur répondeur, par exemple.

Quelle qu'en soit la raison, une telle attitude, consistant à faire preuve en permanence de réserve en matière de contacts sociaux, a pu lui attirer les foudres d'une personne qui, ne connaissant pas le contexte dans lequel elle tentait de se débrouiller tant bien que mal, l'aurait mal pris et aurait jeté son dévolu sur elle. Cependant, n'étant pas moi-même un spécialiste des troubles du comportement, il me paraîtrait pertinent de faire analyser ce dossier par la psychocriminologue rattachée à la DRPJ, si vous n'y voyez pas d'inconvénient.

— C'est une idée, en effet, qui nous permettra peut-être de fermer cette porte, ou de l'ouvrir en grand, d'autant que, si j'ai bien compris, mis à part cette thèse de phobie sociale, vous n'avez aucune autre piste, n'est-ce pas ?

— En effet, son casier judiciaire et ses comptes bancaires ne laissant apparaître aucun dérapage ni aucune irrégularité, nous n'avons pour le moment aucune autre piste à exploiter. De plus, son activité de transcription, dématérialisée et exercée en télétravail, ne génère aucuns frais et s'avère donc bénéficiaire. Ces rentrées d'argent lui servent à financer le coût de son master, ainsi que celui de sa vie à Paris, la rendant ainsi complètement autonome sur ce plan.

— Concernant cette activité justement, la victime était soumise au secret professionnel quant au contenu des réunions qu'elle transcrivait. Avez-vous vérifié si elle aurait pu subir des pressions visant à lui faire divulguer de telles informations ?

— Nous n'avons pas vérifié cette piste en particulier, mais aucun des éléments que nous avons recueillis ne nous permet d'étayer cette thèse et encore moins au regard du fait qu'elle vienne d'une famille d'agriculteurs de la région Occitanie dont aucun des membres ne paraît très intéressé par ses multiples activités intellectuelles. Ceux-ci savent qu'elle exerce ces tâches consciencieusement et brillamment, comme nous-mêmes avons pu le constater, sur pièces et d'après divers témoignages. Or, le fait de savoir qu'elle réussit tout ce qu'elle entreprend suffit à satisfaire ses proches qui n'ont jamais cherché à approfondir le sujet, s'agissant d'un domaine très éloigné du leur, qu'ils trouvent très abstrait et dont ils ne semblent pas complètement percevoir l'utilité sociale. Lorsque je l'ai interrogée à ce sujet, sa mère n'a pas été en mesure de me donner le nom des sociétés pour lesquelles sa fille transcrit les procès-verbaux de réunions.

— Je comprends ce que vous voulez dire. Cependant, en énonçant cette piste, je pensais plutôt à une personne qui aurait pu la cibler, durant ces deux dernières années, afin d'obtenir des informations confidentielles relatives à des concurrents, étant donné qu'elle vivait seule à Paris et qu'elle était en fauteuil, ce qui la rendait d'autant plus vulnérable à ce type d'approche.

— Nous avons analysé le contenu de ses outils numériques, y compris les données effacées et nous n'avons trouvé aucun élément susceptible d'étayer cette thèse. De plus, elle ne possédait aucun compte sur les réseaux sociaux, alors que telle aurait été la manière la plus simple de la cibler dans le but que vous venez d'évoquer. Enfin, dans la vraie vie, si je puis dire, elle ne côtoyait pas grand monde, à part ses enseignants, ses camarades de promo, ses ambulanciers selon un planning tournant, son kiné et son aide ménagère. Je veux dire par là qu'elle n'avait pas une vie sociale telle que celle-ci lui eusse permis d'être approchée par le type de personne que vous venez d'évoquer.

— Avez-vous envisagé la piste d'un éventuel petit ami éconduit ?

— Lors de la perquisition de son appartement et des recherches dans ses outils numériques, nous n'avons trouvé aucune trace d'une présence masculine proche. Elle était seulement restée en contact, à distance, avec un ami, originaire de Bordeaux et qu'elle avait connu à la fac de droit de Toulouse où elle a effectué sa licence. Nous avons interrogé sa meilleure amie du master qu'elle suivait à *la Sorbonne*, mais celle-ci nous a indiqué « *qu'à sa connaissance, la victime n'avait pas de petit ami, ni récent ni ancien* ». Elle a ajouté « *ne pas savoir si ce célibat relevait d'un choix délibéré de son amie en attendant le terme de ses études, ou si elle subissait cette situation par le fait de ne pas avoir rencontré la bonne personne, ou encore en raison d'un empêchement éventuellement lié à son handicap physique* ». À ce sujet, nous avons interrogé le neurologue qui la suit à l'Hôpital Cochin, mais selon lui, « *chaque cas de lésion étant particulier »*, il nous a indiqué *« ne pas être en mesure de se prononcer de façon générale sur le sujet ni de façon spécifique par rapport à cette patiente, celle-ci ne l'ayant jamais évoqué avec lui »*.

— Je vois. Par rapport à votre hypothèse de phobie sociale, je vais requérir la participation à votre enquête de Camille Huguenot, la psychocriminologue rattachée à la DRPJ, afin que soit établi le profil de la victime. À cet effet, je vais, dès aujourd'hui, délivrer une commission d'expert intitulée *« Analyse psychocriminologique de la procédure Lauriane Émans dans l'objectif de porter assistance aux enquêteurs »*. Ainsi, vous pourrez, dès demain, si elle s'avère disponible, l'appeler afin de l'intégrer à votre équipe dans le but de bénéficier de ses éclaircissements sur le trouble de la personnalité dont pourrait souffrir la victime. Toutes les quarante-huit heures, vous me tiendrez informé de l'évolution de chacune de vos deux enquêtes jusqu'à leur résolution.

— Je n'y manquerai pas et je vous remercie pour les supports juridiques d'investigation que vous m'accordez, Monsieur le Juge.

— Ma greffière vous les fera parvenir par mail dans la journée.

À l'issue de cet entretien, qui avait duré une demi-heure, Yanaël rejoignit le Troisième DPJ pour, dans un premier temps, auditionner les collègues ambulanciers de Pierre Dobriac qui y avaient été convoqués ce jour-là, ce qui représentait une bonne dizaine de personnes. Il savait qu'il allait au moins y passer la journée. Ensuite, il devrait tâcher d'établir un contact en ligne avec la compagne de Pierre Dobriac et en raison du décalage horaire avec les États-Unis, il se dit que sa journée risquait de déborder sur la nuit. Cependant, le juge d'instruction Bernard Lourmel ayant, lors de cette prise de contact, montré des dispositions favorables à son égard, il ne pouvait que s'en féliciter. Il espérait qu'il en irait de même, le lendemain, lorsqu'il solliciterait la psychocriminologue, Camille Huguenot.

Chapitre 12

Camille Huguenot, la psychocriminologue

Du mardi 12

au vendredi 15 septembre 2017,

Troisième DPJ, 36, Rue du Bastion,

Paris XVIIème arrondissement.

C E MATIN-LÀ, après avoir vérifié qu'il avait bien reçu les supports juridiques d'investigation que lui avait envoyés, la veille, dans la soirée, la greffière du Juge Lourmel, par le réseau sécurisé du pôle des Batignolles, Yanaël appela Camille Huguenot, la psychocriminologue rattachée à la DRPJ, afin de savoir si elle avait bien reçu la commission d'expertise du juge et si elle pouvait se rendre immédiatement disponible pour le Troisième DPJ.

Celle-ci effectuait des missions d'analyse psychocriminologique pour la DRPJ depuis l'année 2009. En 2007 et 2008, lors de ses études en master de psychologie, elle avait saisi l'opportunité d'accomplir un stage d'application de sept-cent-cinquante heures, au sein de l'Office central de répression des violences aux personnes (OCRVP), organisme rattaché à la Direction centrale de police judiciaire (DCPJ). À cette occasion, son maître de stage n'avait pu que se féliciter de ses aptitudes et avait appuyé sa candidature, lorsque la création d'un poste de psychologue avait été envisagée à la DRPJ.

Les débuts n'avaient pas été faciles, tant les policiers étaient sceptiques sur l'utilité de ses compétences dans la résolution de leurs investigations. Cependant, aujourd'hui, âgée de trente-et-un ans et disposant de huit années d'expérience au sein de cette Direction, Camille avait pris de l'assurance et personne ne remettait plus en cause la pertinence de ses analyses.

Elle arriva au Troisième DPJ en début d'après-midi et après les présentations d'usage, Yanaël lui apporta le dossier d'enquête, accompagné d'un café de bienvenue, tout en lui expliquant les tenants et les aboutissants de l'affaire de la Rue Soufflot. Afin de ne pas influencer son jugement, il évita toutefois de lui dévoiler qu'il soupçonnait la victime de souffrir d'une phobie sociale, ou d'un trouble du comportement approchant.

Afin de mener à bien cette étude psychocriminologique, Camille s'installa au bureau du Commandant Lionel Fresnay, toujours en arrêt maladie. Dans un premier temps, dans le but de s'imprégner de l'affaire, elle décida de prendre connaissance des pièces de procédure, à savoir de l'identité et des principales caractéristiques de Lauriane Émans, du rapport des techniciens décrivant la scène de crime, du rapport du médecin des urgences médico-judiciaires, ainsi que du bilan de la perquisition effectuée à son domicile. Ensuite, afin de percer à jour la personnalité de la victime, Camille étudia les différentes auditions menées par les enquêteurs auprès de son entourage proche et moins proche.

À la fin de la semaine, au terme de trois journées d'étude du dossier, elle rendit son rapport en ces termes :

<u>ANALYSE PSYCHOCRIMINOLOGIQUE DE LA VICTIME DANS L'AFFAIRE LAURIANE ÉMANS, PLUS COMMUNÉMENT APPELÉE « *L'AFFAIRE DE LA RUE SOUFFLOT* », SUR COMMISSION D'EXPERT DU JUGE BERNARD LOURMEL EN VUE DE PORTER ASSISTANCE AUX ENQUÊTEURS</u>

Depuis le début de son adolescence, la victime semble souffrir de troubles du comportement l'ayant conduit, progressivement, à développer un type de personnalité particulière, scientifiquement appelée personnalité schizoïde (à ne pas confondre avec la personnalité schizophrène qui n'a rien à voir).

<u>1). *Principales caractéristiques du sujet atteint par des troubles du comportement susceptibles d'engendrer une personnalité schizoïde*</u>

**Le sujet développe une grande richesse intérieure, un monde qui n'appartient qu'à lui, en quelque sorte, dans lequel il préfère se réfugier plutôt que de nouer des contacts sociaux avec ses semblables ;*

**Le fait d'établir des liens sociaux, surtout avec des inconnus, peut rapidement fatiguer le sujet atteint, tant sur le plan physique que psychique et cela est d'autant plus le cas si celui-ci considère de tels contacts, comme futiles, voire inutiles. Les comportements d'évitement, ou de fuite, qui en découlent sont souvent mal interprétés par les personnes cherchant à rentrer en contact avec ce type de sujet et se trouvant d'emblée confrontées à son refus, sans autre explication. Celles-ci, se méprenant sur ses intentions, peuvent alors considérer le sujet schizoïde comme indifférent à leur égard, dans le meilleur des cas, voire hautain, dans le pire des cas, lorsque de tels refus sont réitérés ;*

**Le sujet schizoïde préfère se consacrer à des activités solitaires, intellectuelles la plupart du temps, dans lesquelles il atteint souvent très rapidement un très haut niveau d'expertise, de qualification et de technicité dans des domaines requérant une aptitude au maniement de concepts abstraits. C'est la raison pour laquelle ce type de personnalité s'avère statistiquement plus fréquent dans les professions d'ingénieurs, de chercheurs, ou d'écrivains. En revanche, il* vaut mieux éviter de solliciter un sujet schizoïde pour mener à bien des tâches de management, ou un travail d'équipe ;

*Le sujet schizoïde construit un monde intérieur si riche qu'il recherche rarement l'approbation des autres afin d'estimer sa propre valeur. Il ne mettra pas spontanément en avant ses réalisations, sauf si quelqu'un prend la peine de l'interroger sur un sujet en rapport avec celles-ci, ou encore avec un sujet qui l'intéresse ;

*Le sujet schizoïde parle peu et ne fait pas naturellement beaucoup d'efforts pour participer aux conversations, que ce soit dans le cadre de réunions professionnelles, ou lors de regroupements familiaux. Il pense que les autres parlent bien assez pour ne rien dire, sans qu'il soit besoin d'en rajouter. Il est très vite fatigué par les discussions avec des personnes ne présentant pas des centres d'intérêt identiques aux siens, ou demeurant à la surface des choses, ce qui les conduit souvent à raconter des inexactitudes, ou des banalités ;

*Le sujet schizoïde est perçu comme introverti et de ce fait, incapable de s'adapter aux normes d'une société dans laquelle il s'avère nécessaire de savoir s'affirmer aussi bien à l'oral qu'à l'écrit et de multiplier les contacts dans des domaines divers et variés, tout en se montrant compétitif, ambitieux, voire parfois arriviste, si l'on veut y réussir.

<u>2). Degré de dangerosité et coefficient de risque présenté par un sujet schizoïde</u>

Un sujet ayant développé une personnalité schizoïde ne s'avère pas particulièrement dangereux pour lui-même, ni pour les autres, ni pour la société en général. Il est souvent affublé du sobriquet « d'original », par son entourage. Lorsque celui-ci se montre suffisamment tolérant et bienveillant par rapport à ces comportements évitants, sans avoir conscience du fait que ceux-ci soient constitutifs d'un trouble de la personnalité, il les qualifie de « bizarreries », comme tel est le cas en l'espèce. Dans cette hypothèse, ce comportement ne génère que peu de frictions entre le sujet atteint et les personnes qui le sollicitent afin d'établir avec lui des contacts sociaux qu'il va, la plupart du temps, refuser, préférant se réfugier dans son monde intérieur.

En revanche, lorsque de tels refus sont réitérés, ces comportements d'évitement, ou d'indifférence, peuvent être interprétés par un sujet paranoïaque, c'est-à-dire souffrant d'un autre trouble de la personnalité, comme une attaque directe envers sa personne. Ce dernier peut même penser que le sujet schizoïde le « snobe » parce qu'il a une haute opinion de lui-même, alors que ce dernier se montre en général assez indifférent aux sollicitations qui ne se rapportent pas à son monde intérieur.

Une telle situation conduit le sujet paranoïaque à se méprendre sur les intentions du sujet schizoïde : celui-ci ne développe pas d'idées de grandeur ni de supériorité, envers qui que ce soit, contrairement au sujet paranoïaque dont l'entourage vous dira qu'il a toujours besoin de rabaisser quelqu'un pour mieux affirmer sa supériorité. Or, si les refus de contacts sociaux sont réitérés par le sujet schizoïde, à de multiples reprises et sur une période plus ou moins longue, à l'égard d'un sujet ayant développé un trouble de la personnalité paranoïaque, cette réitération peut générer chez ce dernier une certaine frustration. Avec le temps qui passe et selon le degré d'atteinte plus ou moins prononcé du sujet paranoïaque, ce sentiment initial s'avère susceptible de se transformer, par paliers, en colère, voire en un délire de persécution pouvant aboutir à la commission d'un acte irréparable à l'égard du sujet schizoïde. Celle-ci a alors pour fonction de décharger le sujet paranoïaque de toute la tension progressivement accumulée au fil de ses contacts avortés avec ce dernier.

3). *Application de cette théorie aux faits de l'espèce*

Lauriane Émans, la victime, semble présenter, depuis le début de son adolescence, des troubles du comportement ayant évolué à l'entrée dans l'âge adulte vers la cristallisation d'une personnalité schizoïde, couplée à un haut potentiel intellectuel susceptible de renforcer une sensibilité déjà initialement importante. Il ne s'agit pas, à proprement parler d'une phobie sociale, comme les enquêteurs l'ont supposé, mais plutôt d'une stratégie d'évitement par rapport à des contacts sociaux qu'elle trouvait fatigants, futiles, voire inutiles, d'après les divers témoignages recueillis dans son entourage.

Son haut potentiel intellectuel s'est manifesté dès son plus jeune âge, celle-ci ayant su lire à quatre ans, après avoir appris toute seule. Ces facultés lui ont permis par la suite de suivre brillamment des études de droit jusqu'au niveau master, tout en effectuant en parallèle des missions de transcription de réunions à la demande et de prendre des cours au sein d'un atelier d'écriture. À ce cumul d'activités, il convient d'ajouter l'obligation de prévoir ses déplacements dans Paris, avec une société de transports adaptés à son fauteuil électrique, ainsi que celle de subir trois séances de rééducation par semaine dans un cabinet de kinés où elle devait se rendre avec une autre société de transport possédant des véhicules sanitaires légers conventionnés par la Sécurité sociale. Enfin, il ne faut pas oublier que ce cumul d'activités a été mené à bien par une personne à mobilité réduite, en fauteuil et vivant seule à Paris, sans y être trop aidée à l'exception de son aide ménagère qu'elle voyait une fois par semaine. Or, le fait qu'elle ait réussi à gérer de si nombreuses de préoccupations, situées sur autant de plans différents, illustre une capacité d'adaptation hors norme.

Les enquêteurs ont émis l'hypothèse selon laquelle ce cumul d'activités, lui prenant tout son temps, l'aurait conduite à réduire au minimum ses contacts sociaux afin de dégager des moments de repos sur un planning déjà très chargé. Cependant, cette restriction ne nous paraît pas avoir été générée par un manque de périodes de récupération, mais plutôt par sa personnalité schizoïde, celle-ci se manifestant de la façon suivante :

*Limitation des contacts sociaux avec les habitants de son immeuble, ainsi qu'avec les commerçants de son quartier, aux strictes salutations d'usage ;

*Téléphone volontairement placé en permanence sur répondeur. La solution pour y parvenir s'avérant inconnue de la plupart des possesseurs d'un mobile, le fait que la victime ait découvert cette technique constitue une nouvelle illustration de sa capacité d'adaptation, celle-ci faisant passer son besoin de tranquillité avant ses contacts sociaux. En un sens, dans sa vie, elle sait hiérarchiser ses priorités et elle assume ses décisions, ce qui démontre la cohérence de son organisation psychique interne ;

*Refus de préparer des exposés en binôme ;

*Malgré son statut de déléguée de classe, refus de participer aux moments conviviaux avec ses camarades de promotion ;

*Besoin de tranquillité et d'isolement, bien que celui-ci puisse aussi être dû à la fatigabilité provoquée par son handicap neurologique ;

*Refuge dans de multiples activités intellectuelles requérant un haut niveau de technicité et d'expertise, dont son entourage proche semblait éprouver les plus grandes difficultés à la faire sortir ;

*Le fait que la victime ne possède pas de compte sur les réseaux sociaux, malgré la mode du moment et son jeune âge, montre que celle-ci se moque complètement de l'avis des autres sur sa personne. Elle ne recherche aucunement leur approbation permanente, son monde intérieur suffisant à lui permettre de prendre conscience de sa valeur. Il convient de souligner ici la tendance exactement opposée du sujet paranoïaque qui, en raison de sa faible estime de lui-même, recherche en permanence l'approbation d'autrui.

Les raisons ayant conduit la victime à évoluer vers ce type de personnalité peuvent être recherchées dans son enfance et son adolescence durant lesquelles, entre un père qui ne l'a pas reconnue, le mari de sa mère qu'elle trouvait trop autoritaire, au point de ne plus oser se confier à sa famille et ses frères avec lesquels elle présente un grand écart d'âge, ses besoins psychoaffectifs n'ont pas été pris en compte. En réaction à cet environnement qu'elle a dû ressentir comme insécurisant, mais sans pouvoir mettre des mots sur la situation, elle a développé un mécanisme de défense inconscient fondé sur un monde imaginaire alimenté par ses nombreuses lectures et lui permettant de s'évader de ses difficultés existentielles, tout en comblant sa solitude émotionnelle. À l'âge adulte, sa précocité, sa sensibilité, son potentiel et son empathie ont trouvé à s'exprimer dans les diverses activités intellectuelles qu'elle menait de front, avant son agression, ainsique dans ses fabuleuses capacités d'adaptation.

4). Assistance aux enquêteurs sur les faits de l'espèce

Afin de comprendre le mobile ayant conduit l'auteur à perpétrer l'agression de la victime avec une telle sauvagerie, il me paraîtrait pertinent de rechercher dans son entourage une personne atteinte d'un trouble de la personnalité paranoïaque qui aurait pu la solliciter, à de multiples reprises sur une longue période, mais sans parvenir à ses fins, en raison de stratégies d'évitement que la victime, se sentant sursollicitée, ou envahie, aurait pu mettre en place. Ces refus, parce qu'ils ont dû être réitérés, ont pu être interprétés par cette personne paranoïaque comme de l'indifférence, ou du rejet, de la part de celle sur laquelle elle avait jeté son dévolu, générant chez elle un sentiment de frustration insupportable. Par conséquent, au fil du temps, celui-ci a pu évoluer vers de la colère, voire vers de la haine, cette dernière se manifestant sous la forme d'un délire de persécution qui a pu la conduire à commettre des actes irréparables.

<u>La personnalité paranoïaque se caractérise par les troubles suivants</u>

*Par méfiance, le sujet considère les autres comme des ennemis potentiels, ne leur accorde aucune confiance et ne se livre pas ;

*Par rigidité, le sujet s'avère difficilement ébranlé dans ses convictions et pense toujours avoir raison, ce qui peut devenir problématique étant donné sa forte propension à interpréter des événements neutres comme s'agissant d'actes malveillants dirigés contre lui-même. Dans les cas extrêmes, cette situation peut le conduire à développer un délire de persécution et à commettre des actes irréparables en rapport avec celui-ci ;

*Par sadisme, il prend plaisir à infliger des souffrances à autrui, gratuitement, ou pour se venger de comportements qu'il considère comme une offense, à son égard, surtout lorsqu'il a développé un délire de persécution envers quelqu'un en particulier. Or, face à ce qui ne constitue la plupart du temps que des offenses imaginaires, le sujet paranoïaque aura tendance à vouloir maintenir sous son emprise la personne en question, surveillant tous ses faits et gestes afin d'être en mesure d'affirmer de façon de plus en plus oppressante sa supériorité sur celle-ci. Des représailles sont souvent déclenchées quand il estime que la personne sur laquelle il a jeté son dévolu ne lui obéit pas. Lorsque de telles représailles sont associées à un délire de persécution, le sujet paranoïaque qui se croit persécuté n'aura de cesse de poursuivre son persécuteur imaginaire, pouvant aller jusqu'à lui donner la mort afin de mettre un terme à ce qu'il perçoit comme une persécution.

*Les troubles de la personnalité paranoïaque sont parfois couplés, chez le même sujet, à des troubles relevant soit de la personnalité histrionique, soit de la personnalité narcissique. En l'espèce, il me paraîtrait plus pertinent de rechercher un auteur présentant des troubles de la personnalité paranoïaque associés à une personnalité narcissique, cette association se caractérisant par le tableau suivant :

En raison d'une estime de lui-même fragile, le sujet paranoïaque s'avère très dépendant de l'attention de la personne sur laquelle il a jeté son dévolu, ayant tendance à lui donner des ordres afin que celle-ci obéisse à ses exigences incessantes. Il se montre d'ailleurs très susceptible lorsqu'il ne rencontre qu'indifférence à son égard de la part de cette dernière ;

Se croyant supérieur, le sujet paranoïaque estime que les règles de la vie en société, qui s'appliquent aux autres, ne s'appliquent pas à lui-même, ce qui peut fréquemment le conduire à perpétrer des actes délictueux, voire criminels. Or, tant que ce type de sujet n'aura pas été confronté à la sanction de la justice par une peine exemplaire, il n'aura de cesse de réitérer de tels comportements ;

Le sujet paranoïaque ressent une jalousie incontrôlable à l'égard de toute personne possédant des qualités, ou des compétences, qui lui font défaut, sans se rendre compte des efforts nécessaires pour les acquérir et sans essayer le moins du monde de développer par ses propres moyens les aptitudes qu'il envie fortement chez les autres.

Rapport établi à l'intention du juge d'instruction Bernard Lourmel et des enquêteurs du Troisième DPJ, le vendredi 15 septembre 2017, à Paris, par Camille Huguenot, psychocriminologue rattachée à la DRPJ.

Le vendredi soir, avant de quitter le pôle des Batignolles, Camille Huguenot remit son analyse psychocriminologique en mains propres au juge d'instruction, ainsi qu'au Lieutenant Marceau, leur exposant oralement, à cette occasion, un résumé de ses conclusions. Yanaël la vit quitter le Troisième DPJ, à regret. Ce soir-là, quand il rejoignit son appartement du Boulevard Douaumont, il retrouva sa solitude habituelle.

Afin de meubler le vide, il ne pensa plus à son enquête, mais à Camille, la psychocriminologue.

Chapitre 13

Pierre Dobriac,
un ambulancier
pas tout à fait
comme les autres

Du mardi 12

au vendredi 15 septembre 2017,

Troisième DPJ, 36, Rue du Bastion,

Paris XVIIème arrondissement.

PENDANT QUE Camille travaillait sur le volet de l'affaire de la Rue Soufflot relatif à la personnalité de Lauriane Émans, la victime avérée, Yanaël décida de se consacrer à la disparition de l'ambulancier Pierre Dobriac. À cet effet, il éplucha ses comptes bancaires, les fichiers de police et de gendarmerie, ainsi que les bases de données de l'administration donnant accès au train de vie de chaque Français. Or, après un examen minutieux de ces informations, il ne trouva pas la moindre irrégularité. De la vente de sa licence de taxi, un an auparavant, Pierre Dobriac avait perçu une coquette somme d'argent qui lui permettait de financer les études supérieures de ses deux enfants. Il en faisait fructifier le surplus par des placements possédant un niveau de risque moyen. De plus, il était propriétaire de l'appartement qu'il occupait, Rue Delambre et dont il avait hérité de ses parents, consécutivement à leurs décès survenus respectivement à quelques mois d'intervalle, durant l'année de ses quarante ans.

Afin d'en apprendre un peu plus sur sa personnalité, Yanaël auditionna séparément, comme témoins, la dizaine de ses coéquipiers au sein de la *Société des Ambulances du Panthéon*, ainsi que leur manager. Ceux-ci lui décrivirent un employé impliqué dans son activité professionnelle, confirmant les propos du directeur. Cependant, leurs témoignages apportèrent quelques bémols à ce tableau idyllique : d'une part, Pierre Dobriac prenait de fréquents arrêts maladie dus à des douleurs chroniques incurables qu'il ne parvenait pas à surmonter, ses médecins s'avérant dans l'incapacité d'en comprendre l'origine. D'autre part, depuis son arrivée au sein de la société d'ambulances, un an auparavant, celui-ci n'avait jamais voulu partager avec ses collègues les moments de convivialité qu'ils trouvaient le temps d'organiser, au moins une fois par mois, dans le but de décompresser ensemble après une garde éprouvante.

Enfin, comme le lui avait conseillé le Commissaire Langlois, Yanaël effectua des recherches sur les déplacements de Mme Z, la compagne de Pierre Dobriac, dans les jours concomitants à sa disparition. Sur réquisition, il obtint, vingt-quatre heures après sa demande, les listings des compagnies *Air France* et *American Airlines* à destination des États-Unis.

Grâce à ces documents, il put constater que Mme Z avait pris un vol sur *AA* à destination de l'aéroport *J.-F.K*, de New York, le jeudi 7 septembre, à 10 h 35, au départ de *Roissy-Charles-de-Gaulle*. Aucun trajet de retour n'ayant été réservé, Yanaël décida de tenter de la joindre, à distance. À cet effet, après l'avoir trouvée sur *Skype*, il lui demanda une mise en relation urgente qu'elle accepta dans les vingt-quatre heures qui suivirent, soit le mercredi 13 septembre. Il l'informa alors de son souhait de l'entendre, dans le cadre juridique d'une audition simple relative à la disparition inquiétante de son compagnon, Pierre Dobriac.

D'un commun accord en raison du décalage horaire, ils fixèrent cet entretien, au lendemain, le jeudi 14 septembre, soit une semaine après la disparition de Pierre Dobriac qui n'avait toujours pas été retrouvé, à cette date. À l'issue de cette audition qui fut enregistrée en streaming, Yanaël saisit le procès-verbal suivant :

AUDITION PAR SKYPE DE MME Z, PAR L'OPJ LIEUTENANT MARCEAU, LE JEUDI 14 SEPTEMBRE 2017, DE 15 H 00 A 16 H 00, HEURE FRANÇAISE, LE TÉMOIN SE TROUVANT SUR LE TERRITOIRE DES ÉTATS-UNIS POUR RAISONS PROFESSIONNELLES

— Mme Z, je vous entends aujourd'hui dans le cadre de l'enquête menée consécutivement à la disparition supposée de Pierre Dobriac, votre compagnon.

— Je ne savais pas qu'il avait disparu. Depuis quand est-ce arrivé ?

— Personne n'a eu de ses nouvelles depuis qu'il a quitté son travail, jeudi soir, soit le 7 septembre, à 19 heures. Avez-vous eu des contacts avec lui, depuis cette date ?

— Celle-ci correspondant à au jour de mon départ pour les États-Unis, nous ne nous sommes pas parlés depuis. En effet, en raison du décalage horaire, de la permanence qu'il devait assurer, le week-end dernier, pour la société d'ambulances et les responsabilités que je dois assumer, ici, nous avions convenu de ne pas nous entretenir avant la fin de cette semaine. Je suis donc très surprise de votre appel : je ne savais même pas qu'il avait disparu.

— Depuis combien de temps le connaissiez-vous ?

— Nous nous sommes connus, il y a cinq ans, chez des amis communs. Après cette première rencontre, nous nous sommes revus et deux mois après, il m'a demandé d'emménager à son domicile, Rue Delambre, ce que j'ai accepté, étant moi-même libre de tout engagement à l'époque.

— *Comment votre cohabitation se déroule-t-elle ? Avez-vous des sujets de discorde ?*

— *Chacun ayant été présenté à la famille de l'autre, nous cohabitons sans problème particulier. Il m'héberge dans son appartement et en contrepartie, je prends à ma charge les dépenses courantes du ménage. Pour les vacances, nous partageons équitablement les frais et concernant nos loisirs personnels, nous avons convenu de régler chacun nos propres dépenses.*

— *Des tensions étaient-elles récemment apparues au sein de votre couple ?*

— *Comme tous les couples, depuis cinq ans que nous vivons ensemble, nous avons traversé des hauts et des bas. Cependant, dans ce genre de situation, je fais en sorte que tout rentre très vite dans l'ordre.*

— *Que voulez-vous dire par là ?*

— *Je ne tolère pas la moindre infidélité de sa part. Je l'en ai prévenu dès le début de notre relation et il sait à quoi s'attendre.*

— *Concernant sa disparition, celle-ci pourrait-elle revêtir un caractère volontaire, selon vous ?*

— *Pierre souffre depuis quatre ans de douleurs chroniques incurables qui engendrent parfois un fond dépressif, chez lui. Dans ces conditions, un suicide s'avère toujours envisageable, mais si tel était le cas, vous auriez retrouvé son corps, n'est-ce pas ?*

— *Les choses ne se passent pas toujours de la sorte, un corps pouvant être retrouvé bien longtemps après une disparition inquiétante.*

— *Dans la situation où je me trouve, je ne peux rien vous dire de plus qui puisse faciliter votre enquête.*

— *Le juge en charge de l'affaire nous ayant délivré, il y a trois jours, soit le lundi 11 septembre, une commission rogatoire, à cet effet, je vous informe que nous allons perquisitionner l'appartement de votre compagnon, dès demain, vendredi 15 septembre, en présence de deux témoins. À quelle date devez-vous rentrer à Paris ?*

— Aucune date de retour n'a été fixée, pour le moment.

— Veuillez me recontacter lorsque vous serez de retour. Nous pouvons mettre fin à cette audition.

Au terme de celle-ci, Yanaël ressentit un sentiment de malaise : la compagne de Pierre Dobriac ne semblant pas très affectée par sa disparition, il se demanda si elle ne pouvait pas, d'une manière ou d'une autre, y être impliquée.

Lors de la perquisition de leur appartement, Yanaël saisit les outils numériques de Pierre Dobriac et il les fit analyser par les techniciens du laboratoire informatique qui s'aperçurent que de nombreux contacts avaient été effacés du téléphone, les uns après les autres, durant les quatre dernières années. Ils réussirent à les restaurer, ce qui permit à Yanaël d'interroger ses anciens amis. Or, sans qu'ils ne se soient concertés, chacun d'eux lui indiqua que, depuis cinq ans, Pierre Dobriac avait pris ses distances : au début de cette période, ils parvenaient encore à passer des moments avec lui, mais petit à petit et sans explication, celui-ci s'était éloigné, déclinant toutes leurs invitations. Ils avaient alors trouvé cette attitude étrange, venant d'un ami habituellement connu comme un bon vivant et ne rechignant jamais à partager des instants de convivialité avec eux. Cependant, celui-ci étant majeur et vacciné, ils n'avaient pas essayé de le recontacter, ni d'en savoir plus. La seule chose dont ils étaient certains, c'est que ce comportement de retrait avait coïncidé avec celle de l'arrivée de Mme Z dans sa vie.

De plus, lorsque les adjoints du Lieutenant Marceau avaient recherché des informations le concernant sur internet, ils s'étaient aperçus qu'il ne possédait pas de compte sur les réseaux sociaux. Or, l'analyse de ses outils numériques montra qu'il les avait fermés, cinq ans auparavant, lorsqu'il avait rencontré sa nouvelle compagne. La coïncidence s'avérait troublante et sans trop savoir quoi faire de ces informations parcellaires, Yanaël se dit tout de même qu'il tenait, peut-être, avec Mme Z, une piste intéressante permettant d'expliquer la disparition de l'ambulancier, Pierre Dobriac.

Chapitre 14

Nouvelle piste d'enquête

Du lundi 18

au lundi 25 septembre 2017,

Troisième DPJ, 36, Rue du Bastion,

Paris XVIIème arrondissement.

APRÈS AVOIR PASSÉ son week-end à lire et à relire le rapport d'analyse psychocriminologique de Camille, relatif à la procédure Lauriane Émans, Yanaël finit par le connaître par cœur. En conséquence, il décida, dès le lundi matin débutant la troisième semaine d'enquête et en accord avec le Juge Lourmel, de réorienter celle-ci sur les personnes que Lauriane avait pu côtoyer, depuis son arrivée à Paris, deux ans auparavant. Afin de procéder méthodiquement, il les classa en deux catégories bien distinctes à savoir, d'une part, celles ayant un intérêt professionnel et donc, financier, à traiter avec elle, telles que son propriétaire, son aide ménagère, son kiné, son médecin, ses ambulanciers, ou encore les commerçants du quartier.

Du fait de cet intérêt, il lui paraissait à peu près certain qu'il ne serait venu à l'idée d'aucun d'eux de lui faire subir des faits aussi sordides que ceux dont elle avait été victime. Bien sûr, une personnalité pathologique pouvait toujours se cacher derrière une façade sociale apparemment lisse et ne présentant aucune aspérité. Cependant, s'agissant de prestataires attachés à la réputation de leurs qualités professionnelles auprès d'une clientèle de particuliers qui augmentait par le bouche-à-oreille, dans le quartier, une telle hypothèse s'avérait très peu probable.

D'autre part, Yanaël fit figurer, dans la deuxième catégorie, les personnes que Lauriane avait côtoyées, au cours des deux années qu'elle venait de passer à Paris, sans que celles-ci n'aient, à la base, aucun lien avec elle, si ce n'est le fait de s'être trouvées au même endroit, au même moment et pour une période suffisamment longue durant laquelle une personnalité paranoïaque aurait eu le temps de développer un délire de persécution à son égard. Or, au terme de cet exercice de classification de suspects potentiels, deux groupes distincts se dessinèrent, comme par enchantement, au cœur de l'enquête : celle des camarades de promotion de la victime et celle des résidents de l'immeuble, ce qui représentait globalement une trentaine d'étudiants et une vingtaine de locataires à cibler.

Camille avait insisté, dans son analyse, sur le comportement paranoïaque de l'auteur probable des faits et notamment sur sa propension à s'affranchir sans aucun scrupule des lois, les considérant applicables aux autres, mais non à lui-même en raison du complexe de supériorité qui l'habitait. S'appuyant sur cette information, Yanaël décida alors de passer au crible la vie des membres de la deuxième catégorie à partir de l'ensemble des fichiers de police et de gendarmerie, ainsi que des bases de données de l'administration (état civil, CAF, URSSAF, Sécurité sociale, impôts, comptes bancaires) permettant de connaître le train de vie de chaque Français.

Au rythme de dix personnes à traiter par jour, cette tâche allait l'occuper durant toute la semaine, mais il se fit la promesse selon laquelle, à la fin de celle-ci, il disposerait d'une première liste de suspects potentiels parmi les cinquante individus qu'il venait d'identifier.

Du côté des camarades de promotion de Lauriane, il tomba sur les habituelles frasques d'une jeunesse dorée qui ne se privait pas de faire la fête, ce qui avait parfois donné lieu à quelques débordements du type ivresse sur la voie publique, ou consommation festive de drogues en tout genre repérées lors de contrôles routiers, ou autoroutiers. Quelques plaintes pour viol émanant de filles de bonne famille auraient pu émailler le casier judiciaire de certains garçons issus d'aussi bonne famille. Cependant, dans ce milieu bourgeois, ce genre d'affaires s'avérait, en général, rapidement réglé par une transaction financière entre les parents concernés, sans que la justice n'ait besoin de s'en mêler, histoire de ne pas hypothéquer l'avenir des principaux intéressés.

Parmi les vingt locataires de l'immeuble de la Rue Soufflot, figuraient de jeunes couples sans enfants, des familles, ainsi que des personnes seules, soit célibataires, soit divorcées, de catégories socioprofessionnelles et d'âges divers. Or, en analysant leur situation sociale et financière respective, Yanaël s'aperçut que l'une des locataires, Mme Y, percevait l'allocation logement, qui lui était versée chaque mois par la Caisse d'allocations familiales de Paris, alors que son compte bancaire ne laissait apparaître aucun paiement de loyer, sous quelque forme que ce soit, à destination du propriétaire.

Afin de recouper cette information, il étudia le compte bancaire sur lequel celui-ci recevait le règlement du loyer de chacun de ses locataires et il ne trouva nulle trace d'un quelconque paiement en provenance de cette locataire.

Face à ce qui, à première vue, ressemblait à une fraude au préjudice de la Caisse d'allocations familiales de Paris, Yanaël décida de convoquer, dans un premier temps, M. X, le propriétaire, afin d'obtenir des éclaircissements sur cette situation.

AUDITION DE M. X AU TROISIÈME DPJ, PAR L'OPJ LIEUTENANT MARCEAU, LE LUNDI 25 SEPTEMBRE 2017, DE 16 H 00 A 17 H 00

— M. X, je vous entends aujourd'hui, en audition simple, comme témoin, concernant Mme Y l'une de vos locataires résidant dans l'immeuble que vous détenez, Rue Soufflot. D'après nos informations, il semblerait que cette personne perçoive une somme d'un montant conséquent, celle-ci lui étant versée mensuellement par la Caisse d'allocations familiales de Paris, au titre de la location de l'un de vos appartements, alors que son compte bancaire ne laisse apparaître aucun paiement de loyer. Que pouvez-vous me dire à ce sujet ?

— Mme Y étant sans profession et ne disposant que du RSA, pour survivre, je n'ai pas jugé utile de lui faire payer un loyer pour l'appartement qu'elle occupe dans mon immeuble.

— Que voulez-vous dire ? Cette locataire est-elle hébergée gratuitement dans l'un des appartements dont vous êtes propriétaire ?

— Pas exactement !

— Mais encore. Que voulez-vous signifier par « pas exactement » ?

Visiblement de plus en plus gêné, M. X commençait à se tortiller sur sa chaise. Il semblait assez mal à l'aise pour répondre à la question que Yanaël venait de lui poser.

— En réalité, Mme Y et moi-même sommes amants, depuis son entrée dans les lieux. C'est ainsi qu'elle me règle le loyer de l'appartement qu'elle occupe dans mon immeuble.

— Vous venez donc d'évoquer un paiement en nature, en contrepartie de l'occupation de votre appartement, si j'ai bien compris, n'est-ce pas ?

— On peut voir les choses de cette façon.

— De vous deux, qui a été à l'origine de cet arrangement ?

— *C'est Mme Y qui me l'a proposé, dès son entrée dans les lieux et comme je savais qu'elle ne travaillait pas, j'ai accepté cette proposition pour le moins originale, mais qui me garantit d'obtenir des contreparties satisfaisantes en échange de la location de ce logement.*

— *Certes, Mme Y ne travaille pas. Cependant, elle perçoit une allocation au titre du logement qu'elle occupe, dans votre immeuble.*

— *Je ne savais pas qu'elle était bénéficiaire de l'allocation logement.*

— *Une fois par an, vous devez pourtant rendre des comptes à la Caisse d'allocations familiales de Paris concernant le montant du loyer réglé par chacun de vos locataires, tout en bénéficiant de cette aide sociale.*

— *En effet et je m'acquitte de cette formalité. Cependant, l'allocation logement leur étant versée directement, il m'est impossible de savoir qui, parmi eux, perçoit les aides de la CAF.*

— *Vous n'êtes pas très curieux, M. X, ou alors, vous êtes totalement influençable ! Si la Caisse d'allocations familiales de Paris vous demande chaque année de remplir un document administratif relatif aux loyers que vous percevez de certains de vos locataires, c'est précisément en raison du fait que ces derniers reçoivent l'allocation logement !*

— *Je gère mon parc immobilier en respectant les règles. Celui-ci me permettant de générer des revenus passifs qui constituent mon assurance retraite, c'est tout ce qui m'importe. Je ne réponds pas de la bonne moralité de mes locataires !*

— *Certes, mais, malgré vos dénégations, je suis obligé de signaler au Parquet la fraude perpétrée par Mme Y, à l'égard de la CAF et vous allez devoir répondre devant la justice de votre complicité sur ces faits délictueux.*

— *Cela ne m'étonne pas. Elle ne m'apporte que des emmerdements, cette salope !*

Que voulez-vous dire ?

— *Parce que nous sommes amants, elle se prend pour la commandante de l'immeuble et elle ne cesse de harceler les autres locataires, chacun à tour de rôle, comme si elle avait toujours besoin d'avoir quelqu'un dans sa ligne de mire pour se sentir importante.*

— *D'après nos informations, Mme Y occupe l'un des deux appartements dont vous disposez au quatrième étage, n'est-ce pas ?*

— *Tout à fait.*

— *Elle habite donc au même étage que Lauriane Émans, l'étudiante handicapée qui a été victime d'une agression à son domicile. Pouvez-vous nous confirmer cette information ?*

— *Tout à fait. Mme Y et Mlle Émans partagent le même palier.*

— *Comment cette cohabitation se déroulait-elle, d'après vous ?*

— *Je n'en sais fichtrement rien. Mlle Émans me réglant son loyer par prélèvement automatique, je ne me rendais jamais chez elle pour en récupérer le montant. De plus, c'était un courant d'air, cette fille ! Je ne la voyais presque jamais et lors des rares occasions où je l'ai croisée, elle ne m'a dit que « Bonjour, bonsoir », si vous voyez ce que je veux dire ! Dans ces conditions, comment voulez-vous que je sache comment se passait la cohabitation de ces deux locataires lorsqu'elles se croisaient sur le palier du quatrième étage ?*

— *Lorsque vous rencontriez Mme Y, celle-ci ne vous soutirait-elle pas quelques confidences sur l'oreiller à propos de Mlle Émans ?*

— *Quelques mois après l'arrivée de Mlle Émans, Mme Y m'a, un jour, harcelé de questions pour savoir ce qu'elle faisait dans la vie. Pour avoir la paix, je lui ai donc répondu qu'elle était étudiante en master à la Sorbonne et que, parallèlement à ses études, elle* transcrivait des procès-verbaux de réunions pour deux entreprises, en travaillant à son compte.

— Quelle a été sa réaction ?

— Je ne sais pas si cela a un rapport, mais Mme Y est soudain devenue beaucoup plus vindicative à mon égard, ainsi qu'envers les autres locataires, à tel point que j'ai dû intervenir à plusieurs reprises afin de gérer des conflits qu'elle avait créés de toutes pièces.

— Lorsque vous évoquez des conflits créés de toutes pièces par Mme Y, a-t-elle procédé de la sorte à l'égard de Mlle Émans ?

— En effet. Il y a un an, certains résidents ont reçu à plusieurs reprises des messages injurieux dans leur boîte à lettres, ce qui a généré un certain émoi, dans l'immeuble, comme vous pouvez l'imaginer. Face à cette situation déjà bien assez compliquée, Mme Y a rajouté de l'huile sur le feu, en disant à qui voulait bien l'entendre que « l'auteur de ces malveillances devait probablement être la personne handicapée du quatrième étage qu'elle trouvait bizarre », selon ses termes. Afin d'en avoir le cœur net, j'ai fait installer des minicaméras au-dessus des boîtes à lettres et finalement, il s'est avéré que ces incivilités étaient le fait de petits jeunes du quartier qui, par ennui, n'avaient rien trouvé de mieux que d'injurier mes locataires !

— Lorsque vous avez acquis la certitude de l'identité des auteurs des faits, vous n'avez pas porté plainte contre eux ?

— Mme Y m'a dit que, s'agissant de mineurs, une plainte n'aboutirait à rien.

— Mme Y, qui ne vous règle pas de loyer, tout en percevant l'allocation logement, est donc votre conseillère juridique en plus d'être votre amante et de vouloir diriger votre immeuble, si je comprends bien, n'est ce pas ?

— ...

— Vous n'avez rien à répondre, M. X ?

— Non, je n'ai rien à répondre. Ce n'est quand même pas de ma faute si elle se mêle toujours de tout ce qu'il se passe dans l'immeuble !

— C'est quand même un peu de votre faute, si vous lui donnez des informations concernant vos locataires.

— Mon activité de bailleur n'est pas soumise au secret professionnel, que je sache ! Je ne suis pas médecin, ni avocat et je ne pense pas avoir commis un quelconque délit sur ce point !

— En effet, vous n'en avez commis aucun, hormis le fait de ne pas avoir signalé à la CAF que Mme Y ne vous règle aucun loyer relatif à l'appartement qu'elle occupe sans droits ni titres, dans votre immeuble, tout en bénéficiant de l'allocation logement. Nous allons mettre fin à cette audition et vous allez être convoqué devant le Tribunal correctionnel pour complicité de fraude envers un organisme public. Vous êtes libre. Après avoir signé votre déposition, vous pourrez partir.

— Il ne manquerait plus que j'aille en prison à cause de cette salope !

C'est sur ces mots très distingués que se termina l'audition de M. X, le propriétaire de l'appartement de la Rue Soufflot dans lequel résidait Lauriane Émans.

À partir d'un travail de fourmi lui ayant permis de détecter une banale irrégularité comptable, le Lieutenant Marceau venait d'ouvrir une nouvelle piste dans son enquête et il n'allait pas la lâcher de sitôt.

Chapitre 15

Enquête sur Mme Y

*Du mardi 26
au vendredi 29 septembre 2017,
Troisième DPJ, 36, Rue du Bastion,
Paris XVIIème arrondissement.*

À L'ISSUE DE L'AUDITION de M. X, Yanaël se dit que ses allégations concernant Mme Y révélaient, chez cette dernière, un profil finalement assez conforme, en de nombreux points, à celui d'une personnalité paranoïaque décrit par Camille dans son rapport d'analyse psychocriminologique. Il décida alors d'établir une comparaison point par point entre les critères définissant un tel trouble et les comportements dépeints par M. X au sujet de Mme Y. Au terme de cet exercice, il obtint les éléments suivants :

« Se croyant supérieur, le sujet estime que les règles de la vie en société, qui s'appliquent aux autres, ne s'appliquent pas à lui-même, ce qui peut fréquemment le conduire à perpétrer des actes délictueux ».

→ Mme Y fraude la CAF sans scrupule en percevant l'allocation logement, alors qu'aucune somme n'est prélevée sur son compte par son propriétaire en contrepartie du bénéfice de cette aide ;

« Par rigidité, le sujet paranoïaque s'avère difficilement ébranlé dans ses convictions et pense toujours avoir raison, ce qui peut devenir problématique étant donné sa forte propension à interpréter

des événements neutres comme des faits malveillants dirigés contre lui-même ».

→ Ressentant comme malintentionnée l'attitude réservée de Lauriane, sans jamais remettre en question cette interprétation, Mme Y se méprend sur les desseins de sa jeune voisine, celle-ci n'entretenant aucun sentiment hostile envers elle. En effet, en raison du trouble de la personnalité schizoïde dont elle est atteinte, elle affiche seulement de l'indifférence à son égard, ainsi qu'à l'égard de tout ce qui ne concerne pas son monde d'intello.

**« Par sadisme, le sujet paranoïaque prend plaisir à infliger des souffrances à autrui, gratuitement, ou pour se venger de comportements qu'il considère comme constituant une offense, surtout lorsqu'il a développé un délire de persécution envers quelqu'un en particulier ».*

→ À titre de représailles envers l'attitude réservée de Lauriane, qu'elle prend pour du snobisme, Mme Y finit par l'accuser d'avoir commis des actes de malveillance dans l'immeuble dont il fût prouvé par la suite que Lauriane n'en était aucunement responsable. De plus, selon le témoignage de M. X, elle semble avoir éprouvé une satisfaction particulière à propager cette rumeur auprès des autres locataires afin de porter préjudice à sa jeune voisine qu'elle trouve bizarre.

**« En raison d'une estime de lui-même fragile, le sujet paranoïaque s'avère très dépendant de l'attention de la personne sur laquelle il a jeté son dévolu, ayant tendance à lui donner des ordres afin que celle-ci obéisse à ses exigences incessantes. Il se montre d'ailleurs très susceptible lorsqu'il ne rencontre qu'indifférence à son égard de la part de cette dernière ».*

→ D'après le témoignage de M. X, Mme Y avait jeté son dévolu sur Lauriane, dans le but de savoir ce qu'elle faisait de ses journées, mais ne recevant pas de réponses à ses questions directement auprès de celle-ci, elle s'en était vexée et elle avait alors développé une nouvelle stratégie consistant à harceler M. X, à ce propos.

**« Le sujet ressent une jalousie incontrôlable à l'égard de toute personne possédant des qualités, ou des compétences, dont lui-même ne dispose pas, sans se rendre compte des efforts nécessaires pour les acquérir et sans essayer le moins du monde d'obtenir par ses propres moyens ce qu'il envie fortement chez les autres ».*

→ Mme Y, ayant finalement reçu des réponses à ses questions concernant sa jeune voisine après avoir harcelé le propriétaire, selon la déposition de ce dernier, elle serait par la suite devenue de plus en plus vindicative auprès de divers résidents, comme si sa jalousie incontrôlable avait commencé à se mettre en place consécutivement à ces révélations.

Afin de compléter ses investigations, Yanaël consulta les fichiers administratifs qui lui apprirent que Mme Y, âgée de cinquante ans au moment des faits, n'avait jamais travaillé et avait toujours vécu des aides sociales depuis ses dix-huit ans. Son compte courant laissait percevoir un découvert de plusieurs milliers d'euros qu'elle ne parvenait pas à renflouer, faute de ressources suffisantes et en raison de nombreuses majorations, que lui prélevait régulièrement sa banque suite à des achats dispendieux effectués dans de grands magasins de mode parisiens.

Afin de terminer son enquête, Yanaël se rendit, durant deux soirées consécutives, au domicile des habitants de l'immeuble autres que ceux du quatrième étage, dans le but de les entendre au sujet de Mme Y. Dans l'ensemble, ceux-ci lui confirmèrent les allégations du propriétaire selon lesquelles cette locataire présentait une forte propension à vouloir tout diriger et à faire des histoires pour pas grand-chose, quitte à en inventer lorsqu'il n'y en avait pas assez pour meubler son quotidien de personne célibataire, sans enfant et sans autre famille connue que sa mère qu'elle détestait.

Ce portrait peu flatteur concernant Mme Y en faisait une coupable idéale, au moins dans le volet Lauriane Émans de l'affaire de la Rue Soufflot et c'est avec cette idée en tête que Yanaël se rendit, le lendemain matin, dans le bureau du Juge Lourmel.

Chapitre 16

Stratégies d'audition des suspectes

Samedi 30 septembre 2017,

Pôle de l'instruction,

Tribunal de grande instance de Paris,

Avenue de la Place de Clichy,

Paris XVIIème arrondissement,

9h00 – 10h00.

DEPUIS leur première rencontre, qui avait eu lieu le lundi 11 septembre, le juge d'instruction Bernard Lourmel et Yanaël étaient restés en contact à distance, soit par téléphone, soit par mail sur le réseau sécurisé du pôle des Batignolles. Lors de leur échange précédent, qui s'était déroulé quarante-huit heures plus tôt, soit le jeudi 28 septembre, à 8 heures, ils avaient convenu d'effectuer un point sur l'enquête, ce samedi matin, à 9 heures. C'est donc muni des derniers procès-verbaux et comptes rendus que Yanaël se rendit, ce matin-là, dans le bureau du juge. Après lui avoir proposé un café, celui-ci entra dans le vif du sujet :

— Lieutenant Marceau, à l'issue de notre échange précédent, vous deviez, hier et avant-hier, procéder à des recherches sur Mme Y, la voisine de palier de la victime, n'est-ce pas ?

— En effet, lors de son audition, qui a eu lieu lundi, le propriétaire de l'immeuble en cause ayant évoqué en des termes peu élogieux cette locataire qui réside dans l'un de ses appartements depuis vingt ans, je l'ai un peu poussé dans ses retranchements afin de percevoir si celle-ci ne pouvait pas s'avérer plus ou moins directement liée à l'agression de la victime, sachant qu'elles partagent le même palier. Or, M. X m'a décrit des comportements pouvant correspondre au profil d'un suspect paranoïaque, énoncé par Camille Huguenot, dans son analyse de l'affaire. Dans le but de vérifier cette hypothèse, j'ai effectué une comparaison point par point entre ces comportements et les principales caractéristiques de ce trouble et je suis finalement parvenu à un résultat concluant, Mme Y semblant cocher toutes les cases d'une personne atteinte par celui-ci.

Lorsque j'ai demandé à M. X quels rapports Mme Y entretenait avec sa jeune voisine de palier, il m'a affirmé « *qu'il n'en savait fichtrement rien* » et selon ses termes, que « *c'était un courant d'air, cette fille !* ». J'en ai déduit que, avant son agression, Mlle Émans ne s'était jamais plainte de qui que ce soit, auprès de lui, depuis qu'elle résidait dans l'immeuble. En revanche, un an avant les faits, Mme Y l'avait accusée d'avoir commis des incivilités en distribuant des messages injurieux dans les boîtes à lettres et elle avait fait en sorte de propager cette rumeur parmi les autres locataires, alors que, d'après l'enquête menée par le propriétaire, ces faits auraient été perpétrés par des adolescents désœuvrés habitant le quartier.

J'ai ensuite cherché des renseignements sur Mme Y dans les fichiers : celle-ci n'ayant jamais travaillé, elle a vécu uniquement d'aides sociales depuis l'âge de dix-huit ans. Lors de l'audition de M. X, j'ai compris qu'elle ne payait pas de loyer pour l'appartement qu'elle occupe dans son immeuble, des prestations sexuelles au bénéfice de ce dernier faisant office de règlement en nature.

Cela n'empêche pas Mme Y de percevoir une allocation logement qui lui est versée mensuellement par la CAF de Paris, depuis vingt ans. Lorsque j'ai eu connaissance de cette fraude, j'en ai immédiatement alerté le Parquet, ainsi que le Directeur de la CAF. Le compte courant de l'intéressée affiche un découvert de plusieurs milliers d'euros qu'elle ne parvient jamais à combler du fait des majorations qui lui sont prélevées par sa banque. Concernant son statut matrimonial, Mme Y est célibataire, sans enfant et elle a pour seule famille sa mère avec laquelle elle serait apparemment fâchée et dont « *elle attendrait l'héritage avec impatience* », selon les déclarations du propriétaire.

— Étant donné la personnalité que vous venez de me décrire, je pense que vous devez l'entendre, en audition libre, comme témoin assisté, au sujet de cette affaire, afin de savoir quels rapports elle entretenait réellement avec la victime. De plus, selon la configuration de l'immeuble, elle était sa plus proche voisine : cela signifie que soit elle a quelque chose à voir avec son agression, soit elle a peut-être été témoin de faits que personne n'a jusqu'à présent porté à notre connaissance. Les gardiens de la paix, qui vous ont secondé en début d'enquête, ne l'avaient-ils pas interrogée, à ce sujet ?

— Mes adjoints l'ont effectivement questionnée, mais elle leur a affirmé n'avoir rien vu ni entendu de particulier, le jour des faits. Cependant, lors de l'interrogatoire du voisinage, nous ne savions pas encore précisément à quelle heure avait eu lieu l'agression de Mlle Émans. Nous en savons un peu plus aujourd'hui sur son emploi du temps antérieur à celle-ci. En effet, j'ai moi-même auditionné le directeur du master, dont la victime a suivi les enseignements, à *la Sorbonne* et il m'a indiqué lui avoir remis son diplôme en fin de matinée. De plus, ses camarades de promotion m'ayant ensuite précisé qu'elle n'avait pas souhaité prendre part au pot d'adieu, qu'ils avaient organisé au bar *le Soufflot,* après cette cérémonie, on peut supposer qu'elle a quitté *la Sorbonne* vers 12 h 15 et qu'elle a dû être agressée entre 12 h 30, heure de retour à son domicile et 16 h 30, l'ambulancier ayant sonné chez elle à 16 h 45 sans obtenir de réponse.

— La détermination du créneau horaire des faits incriminants devrait vous permettre de resserrer votre interrogatoire. Concernant l'ambulancier, justement, avez-vous du nouveau ?

— Jeudi, il y a quinze jours, soit le 14, j'ai auditionné Mme Z, sa compagne, après un rendez-vous que nous avions conjointement fixé sur *Skype*, afin de tenir compte du décalage horaire avec les États-Unis. Je dois dire que ses propos m'a fait froid dans le dos. Elle m'a affirmé s'être envolée pour New York le jeudi précédent, c'est-à-dire le 7 septembre. Or, ce jour correspond à celui de la disparition de son compagnon. De plus, comme ils n'avaient pas prévu de se recontacter avant la fin de la semaine suivante, elle a prétendu ne pas savoir ce qu'il s'était passé à la fin de la semaine précédente et de fait, ne pas avoir été au courant de cette situation avant que je ne la lui annonce moi-même. C'est un argument qui peut se tenir. Cependant, elle ne m'a pas semblé très surprise ni très affectée par la disparition de celui qui partage sa vie depuis quand même cinq ans.

Je l'ai ensuite interrogée sur la façon dont se déroulait leur cohabitation, ainsi que sur la solidité de leur relation. Elle m'a répondu par des propos d'une très grande froideur, tout en évoquant un possible suicide de son compagnon en raison de douleurs chroniques incurables dont il souffrirait depuis quatre ans.

— Ce dossier me semble présenter un peu trop de coïncidences troublantes. Lors de notre premier entretien au sujet de cette affaire, le lundi 11, vous m'aviez indiqué que Mme Z effectuait régulièrement des déplacements à New York, dans le cadre de son travail, habituellement pour une quinzaine de jours, n'est-ce pas ?

— Tout à fait, cette information ayant été communiquée par le directeur de la société d'ambulances à mes adjoints, lorsque ceux-ci l'ont interrogé quelques heures après qu'il ait signalé cette disparition au commissariat du cinquième arrondissement.

— Si Mme Z est partie aux États-Unis, le 7 septembre, elle doit être rentrée à Paris, à ce jour, puisque nous sommes le 30. Vous vérifierez donc les listings des vols de ces dix derniers jours, sur les compagnies *Air France* et *American Airlines* et si elle est revenue sur le territoire français, vous la convoquerez en audition libre, sous le statut de témoin assisté, en lui précisant qu'elle peut être assistée d'un avocat durant celle-ci. Si les choses venaient à prendre une autre tournure, c'est-à-dire si, en cours d'audition, vous recevez des indices graves et concordants susceptibles d'acter sa participation, ou sa complicité, dans la disparition inquiétante de Pierre Dobriac, vous la placerez en garde en vue pour ces faits. La victime est-elle toujours dans le coma ?

— En effet. Après avoir été examinée à l'Hôtel-Dieu, elle a été transférée, dans la nuit, en réanimation, à l'Hôpital Cochin, où son traumatisme crânien doit être surveillé. Elle y demeure, à ce jour, et elle est toujours dans le coma.

Après cet échange qui dura une heure, Yanaël quitta le bureau du Juge Lourmel et rédigea les convocations à destination des deux suspectes qu'il devait entendre la semaine suivante, en leur précisant les garanties qui encadraient le statut de témoin assisté.

Au terme de cette semaine de travail, il allait enfin pouvoir profiter un peu de son premier week-end de repos, depuis sa prise de fonctions au Troisième DPJ, même si celui-ci était déjà bien entamé. Il n'imaginait pas que la semaine suivante n'allait pas se dérouler tout à fait comme il l'avait prévue.

Chapitre 17

Des stratégies inopérantes

Mercredi 4 octobre 2017,

Troisième DPJ, 36, Rue du Bastion,

Paris XVIIème arrondissement,

9h00 – 11h30.

LE JOUR de l'audition des deux suspectes dans l'affaire de la Rue Soufflot, seule Mme Y se présenta au Troisième DPJ, le matin, à 9 heures, assistée de son avocat. Mme Z ne s'y présenta pas et ne se fit pas non plus excuser. Yanaël consulta alors les listings des vols ayant atterri à *Roissy* durant la dernière quinzaine et il put constater que Mme Z n'était pas rentrée de son voyage d'affaires. Il l'appela sur *Skype* et celle-ci lui indiqua devoir s'établir définitivement aux États-Unis, où elle venait d'être mutée à un poste stratégique à la Direction commerciale du laboratoire pour lequel elle travaillait.

Au niveau de la procédure, cela ne signifiait pas que les soupçons qui se portaient sur elle, dans la disparition de Pierre Dobriac, étaient abandonnés : le juge allait devoir délivrer une commission rogatoire internationale afin que les enquêteurs puissent se rendre aux États-Unis pour l'entendre. Or, un faisceau de présomptions ne constituant pas des indices graves et concordants, il s'avérait peu probable qu'autant de moyens fussent déployés sur une base juridique aussi faible. Finalement, tant que Pierre Dobriac, ou son corps, ne serait pas retrouvé, il serait impossible pour les enquêteurs français de prouver l'implication de Mme Z dans sa disparition et par conséquent, d'obtenir son extradition vers la France afin qu'elle soit entendue et mise en cause sur cette affaire.

À 9 h 30, le Lieutenant Marceau débuta donc l'audition de la seule suspecte présente, dans les locaux, Mme Y, assistée de son avocat. Il saisit le procès-verbal suivant :

<u>AUDITION PAR L'OPJ LIEUTENANT MARCEAU DE MME Y, SOUS LE STATUT DE TÉMOIN ASSISTÉ, EN PRÉSENCE DE SON AVOCAT, LE MERCREDI 4 OCTOBRE, À PARTIR DE 9 H 30</u>

— Mme Y, je vous entends aujourd'hui, sous le statut de témoin assisté, dans le cadre d'une audition libre sur l'affaire de la Rue Soufflot, votre voisine de palier, Mlle Émans, ayant été violemment agressée à son domicile, il y a un mois jour pour jour, soit le lundi 4 septembre dernier, entre 12h30 et 16h30. Vous avez le droit de parler, de répondre aux questions, de vous taire et de quitter les locaux, ainsi que celui d'être assistée d'un avocat.

Auriez-vous remarqué des personnes suspectes rôder à proximité, ou dans l'immeuble, ce jour-là, ou auriez-vous entendu des bruits particuliers aux horaires que je viens de vous indiquer ?

— Je n'ai vu aucune personne suspecte roder à proximité, ni dans l'immeuble, ce jour-là et je n'ai rien entendu de particulier aux horaires que vous venez de m'indiquer pour la bonne raison que je suis sortie déjeuner au Soufflot, invitée par une amie. Ensuite, nous avons passé l'après-midi ensemble sur la Rive droite, avant de rentrer en début de soirée.

— À quelle heure avez-vous déjeuné à la brasserie le Soufflot ?

— Nous avons déjeuné au Soufflot de 12h30 à 13h30.

— Qu'avez-vous fait ensuite ?

— Nous nous sommes rendues aux Galeries Lafayette du Boulevard Haussmann, où nous sommes restées, de 14h00 à 15h30. À la sortie, nous sommes allées au cinéma UGC Opéra, de 16 heures

à 17h30, voir RAID Dingue et ensuite, nous sommes rentrées en métro. Lorsque je suis arrivée au pied de l'immeuble, vers 18 heures, j'ai vu le camion des pompiers et j'ai même été interrogée par l'officier de police judiciaire du cinquième arrondissement dépêché sur place auquel j'ai décliné mon identité.

— Quels rapports entreteniez-vous avec Melle Émans, avant son agression ?

— Franchement, nous n'avions pas de très bons rapports de voisinage. En effet, j'avais souvent l'impression qu'elle me prenait de haut parce qu'elle faisait des études de droit à la Sorbonne et que ça lui était monté à la tête !

— Pourquoi pensez-vous qu'elle vous prenait de haut ? Elle était peut-être simplement préoccupée par tout le travail qu'elle devait abattre pour réussir des études exigeantes et qui, dans son état, pouvaient s'avérer fatigantes.

— Peut-être, mais quelque chose dans son attitude me déplaisait. Lorsque nous nous croisions sur le palier, j'avais l'impression qu'elle faisait tout pour m'éviter, ou qu'elle cherchait n'importe quel prétexte pour abréger la conversation. Je prenais cela assez mal, pour tout vous dire.

— Pourquoi preniez-vous son attitude comme une attaque personnelle ? Après tout, elle n'était que votre voisine de palier. Elle n'était pas un membre de votre famille : elle n'avait donc pas de comptes à vous rendre. De plus, les autres résidents de l'immeuble nous ont indiqué qu'elle ne manquait jamais de saluer poliment toute personne qu'elle croisait dans l'ascenseur, ou dans les parties communes. Que cherchiez-vous à obtenir, de sa part ?

— Je ne voyais pas les choses de cette façon.

— De quelle façon les voyiez-vous alors ?

— *Lorsqu'elle a emménagé dans l'appartement contigu au mien, j'ai tenté de savoir ce qu'elle faisait dans la vie en le lui demandant directement. Elle m'a simplement répondu qu'elle était étudiante et qu'elle travaillait, mais sans me préciser dans quelle université elle étudiait, ni dans quel domaine, ni ce qu'elle faisait comme travail.*

— *Cela prouve bien qu'elle ne se vantait pas au sujet de ses activités et qu'elle n'avait donc pas pris la grosse tête, comme vous le laissez entendre. De quelle façon avez-vous obtenu ces informations, puisque vous semblez bien renseignée ?*

— *C'est M. X, le propriétaire de l'immeuble qui m'en a parlé lorsque je lui ai demandé des précisions à ce sujet.*

— *Vous lui avez demandé des précisions, comme vous dites, ou bien vous l'avez harcelé de questions à tel point que celui-ci a fini par vous faire des confidences sur l'oreiller ?*

— *...*

— *Concernant les rapports que vous entretenez avec M. X, pouvez-vous nous confirmer que vos relations intimes font office de paiement en nature du loyer de l'appartement que vous occupez, alors que vous percevez mensuellement, depuis vingt ans, une allocation logement d'un montant non négligeable, celle-ci vous étant versée par la CAF pour un loyer que vous ne payez pas finalement ?*

L'avocat de Mme Y intervint alors, afin de recadrer l'audition :

— *Vous vous égarez, Agent Marceau. Tel n'est pas l'objet de la convocation adressée à Mme Y, relativement à cette audition !*

— *Je ne suis pas agent, mais officier de police judiciaire et vous le savez très bien, Maître ! Veuillez donc respecter mon grade ! Le fait que Mme Y perçoive l'allocation logement sans payer de loyer, délit que nous avons découvert incidemment lors de l'audition de M. X, ne demeurera pas impuni, croyez-moi, le Parquet et la CAF en ayant été avisés le lundi 25 septembre dès que nous avons eu connaissance de* cette infraction. Vous devrez donc répondre de cette fraude devant le Tribunal correctionnel, Mme Y.

Revenons-en au sujet principal de cette audition. Pourquoi teniez-vous absolument à savoir ce que faisait Mlle Émans, dans la vie ?

— Parce que je sais ce que font les autres résidents de l'immeuble, sans exception !

— Certes, mais le fait que vous sachiez ce que font les autres résidents de l'immeuble ne constitue pas un principe gravé dans le marbre, ni une raison suffisante pour questionner votre voisine de palier à chaque fois que vous aviez l'occasion de la croiser.

— Selon moi, cela constituait une raison suffisante.

— En fait, les autres locataires de l'immeuble vous ayant donné ces informations sans la moindre réticence, vous ne supportiez pas que Mlle Émans ne procède pas de même, n'est-ce pas ?

— En effet, je ne le supportais pas.

— Étant donné son jeune âge et son handicap, elle était peut-être plus réservée que les autres locataires. N'avez-vous pas envisagé cette possibilité ?

— Non, je ne l'ai pas envisagée. Elle n'avait qu'à me répondre lorsque je lui posais des questions, au lieu de chercher en permanence à m'éviter !

— Le fait qu'elle ne vous réponde pas, lorsque vous la questionniez sur ces activités, ou encore le fait qu'elle cherche à vous éviter en permanence vous a-t-il mise en colère ?

— En effet. Vous pouvez le dire !

— Est-ce pour cette raison que vous l'avez accusée d'avoir commis des incivilités dans l'immeuble, sans aucune preuve et en propageant cette rumeur à qui voulait bien l'entendre ?

— En effet.

— *Finalement, il a été prouvé qu'elle n'était pour rien dans ces incivilités, n'est-ce pas ?*

— *Mlle Émans trouvait toujours un moyen de se débrouiller pour que jamais rien ne puisse lui être reproché. C'est bien pratique, les études de droit !*

— *Ce n'est pas parce qu'elle faisait des études de droit qu'elle avait forcément quelque chose à se reprocher. Que lui reprochiez-vous exactement ? De ne pas vous accorder autant d'attention que vous le lui demandiez, ou bien de mener de front plusieurs activités que vous-même êtes incapable de mener ?*

— *Les deux.*

— *Jusqu'à quel point cette attitude vous a-t-elle mise en colère ?*

— *Que voulez-vous dire ?*

— *Seriez-vous pour quelque chose dans l'agression dont elle a été victime, le lundi 4 septembre, dans l'après-midi ?*

— *Je vous ai dit que j'avais passé l'après-midi, Rive droite. Vous pouvez vérifier.*

— *Nous vérifierons, en effet. En attendant, veuillez rester à disposition de la justice jusqu'à nouvel ordre. Nous pouvons mettre un terme à cette audition.*

Ce jour-là, vers 11 h 30, Mme Y signa le procès-verbal de son audition et quitta le Troisième DPJ sans demander son reste, aussi librement qu'elle y était entrée. Son avocat ne serra pas la main de l'Officier de police judiciaire Yanaël Marceau, lorsqu'il sortit de la salle d'audition. Même si l'un semblait avoir gagné la partie et si l'autre semblait l'avoir perdue, ils savaient tous deux que cette affaire n'avait pas encore livré tous ses secrets et que le plus dur restait à venir.

Chapitre 18

Yanaël Marceau, un enquêteur en désarroi

Mercredi 4 octobre 2017,

Troisième DPJ, 36, Rue du Bastion,

Paris XVIIème arrondissement,

12h30 – 18h00.

AU TERME de la matinée qu'il venait de passer, Yanaël ne put que constater l'échec des stratégies qu'il avait élaborées avec le Juge Lourmel, avant d'auditionner les deux suspectes. Il profita d'ailleurs du déjeuner qu'ils partagèrent, au sein du complexe des Batignolles, pour lui faire part de son désarroi concernant cette affaire sur laquelle il travaillait maintenant depuis un mois avec le sentiment de ne pas progresser comme il l'aurait souhaité.

— Monsieur le juge, les auditions des suspectes ne se sont pas vraiment déroulées comme nous l'avions prévu. D'une part, Mme Z, la compagne de l'ambulancier Pierre Dobriac, définitivement mutée depuis ces derniers jours aux États-Unis, ne rentre plus en France, ce qui s'avère bien pratique pour échapper à une audition en face-à-face. D'autre part, ce matin, pendant deux heures, j'ai interrogé Mme Y au sujet de la victime de la Rue Soufflot, mais elle a toujours réponse à tout, sur un ton péremptoire et sans se démonter aucunemaët.

— C'est en général la stratégie qu'adoptent les coupables, croyant ainsi se disculper, mais cela ne durera pas, croyez-moi : nous finirons bien par trouver la faille, dans cette histoire !

— Sur le fond et sur la forme de ses propos, Mme Y ne fait pas mystère du fait d'avoir pris sa jeune voisine en grippe, celle-ci ayant continuellement refusé de se plier à ses quatre volontés, depuis son arrivée dans l'immeuble, il y a deux ans. Possédant à la fois un tempérament distant par nature et une sensibilité hyperdéveloppée propre aux sujets à haut potentiel intellectuel, elle a dû sentir venir les embrouilles dès les premières tentatives d'approche de Mme Y à son égard. En conséquence, il s'avère fort probable qu'elle ait décidé de fixer immédiatement des limites à l'envahissement de son territoire, si je puis dire concernant deux personnes qui habitent au même étage.

— Cela s'avère tout à fait possible, en effet, et c'est très certainement à partir de cette période que Mme Y a dû commencer à ressasser un sentiment de colère à l'égard de sa jeune voisine, dont elle ne parvenait pas à capter l'attention. Que faisait-elle et où se trouvait-elle au moment des faits ?

— Selon ce qu'elle affirme, elle aurait déjeuné au *Soufflot* avec une amie et elles se seraient ensuite rendues ensemble aux *Galeries Lafayette* du Boulevard Haussmann, ainsi qu'au cinéma *UGC Opéra*, avant de rentrer vers 18 heures. Enfin, à son retour dans l'immeuble, l'officier de police judiciaire, dépêché par le commissariat du cinquième arrondissement du fait de l'alerte donnée par l'ambulancier à 16 h 45, aurait relevé son identité.

Je ne pense pas qu'elle invente des faits facilement vérifiables : elle est bien trop maligne. Cependant, cette suspecte présentant une tendance fortement marquée à l'affabulation, afin de mettre au carré la procédure, je vais quand même vérifier la véracité de ses déclarations, ainsi que leur chronologie précise.

— Si elle dit vrai, techniquement, elle ne peut pas être l'auteur des actes incriminants, mais elle a pu armer le bras d'un individu particulièrement influençable et sur lequel elle possédait un certain ascendant.

— Le propriétaire de l'immeuble me semble la personne toute désignée à cet effet, celui-ci ayant déjà couvert la fraude de Mme Y envers la CAF, depuis les vingt années qu'elle occupe sans droits, ni titres, l'appartement qu'elle lui loue. Apparemment, M. X serait prêt à faire tout ce qu'elle lui ordonne afin de continuer à bénéficier de ses faveurs sexuelles.

— Je vois. Lors de son audition, relative à cette fraude, ce suspect n'a-t-il rien laissé transparaître concernant son éventuelle participation, ou complicité, par rapport à la commission des faits contre Lauriane Émans ?

— Non, il n'a rien laissé transparaître à ce sujet et d'autant moins que mon interrogatoire ne portait pas sur celui-ci, mais sur la fraude de longue durée commise par Mme Y à l'égard de la CAF et dont il est devenu complice. Comme Mme Y, il a seulement manifesté une pointe d'agacement par rapport au tempérament introverti de la victime qui, selon lui, ne se serait jamais plainte de qui que ce soit depuis son emménagement, il y a deux ans. De plus, celle-ci lui réglant son loyer par prélèvement automatique, il n'avait même pas l'occasion de la voir une fois par mois afin de récupérer son dû.

Cependant, maintenant que vous évoquez cette piste, je me rends compte que, s'il était présent dans l'immeuble au moment des faits, sa présence n'a certainement paru étrange à personne : en tant que propriétaire, censé gérer les nombreux désagréments susceptibles de survenir dans un parc immobilier comprenant vingt lots, il pouvait aller et venir d'un appartement à l'autre sans attirer l'attention de qui que ce soit.

— Après notre déjeuner, essayez de joindre Camille Huguenot afin de voir si elle peut se rendre disponible pour prendre connaissance des procès-verbaux d'audition de M. X et de Mme Y. Elle pourrait peut-être nous apporter des éclaircissements, en vue d'une éventuelle confrontation.

— Bien, je vous remercie, Monsieur le Juge. Je vais tâcher de me remobiliser sur cette affaire.

Le Juge Lourmel et Yanaël se séparèrent donc à l'issue de ce déjeuner et à 13 h 30, ce dernier appela Camille Huguenot, la psychocriminologue qui avait déjà officié dans ce dossier, afin de lui demander si elle pouvait, sur la base de son expertise, analyser les procès-verbaux d'audition de M. X et de Mme Y. Or, pour le plus grand désarroi de Yanaël, Camille, déjà sollicitée par un autre service dépendant de la DRPJ, ne put, dans l'après-midi même, se rendre disponible pour apporter son assistance aux enquêteurs du Troisième DPJ. Cependant, elle demanda à Yanaël de lui faire parvenir par mail les documents en question, ce qu'il fit immédiatement après avoir pris soin de crypter son envoi.

De retour à son domicile, vers 20 heures, après avoir pris une douche et s'être rapidement restaurée, Camille se connecta depuis son ordinateur personnel à son adresse professionnelle et téléchargea les procès-verbaux d'audition des deux suspects afin d'en prendre connaissance. Au terme de la lecture de ces documents, une heure trente plus tard, elle rendit l'avis suivant :

De par ses tentatives d'accrochage à sa jeune voisine, dès son arrivée dans l'immeuble, les accusations calomnieuses propagées sciemment à son encontre pour lui porter préjudice, ainsi que de par ses allégations péremptoires selon lesquelles elle doit tout savoir de la vie des résidents, Mme Y présente le profil type d'un sujet souffrant d'un trouble de la personnalité paranoïaque associé au trouble de la personnalité narcissique. De plus, comme le lui a fait remarquer à plusieurs reprises l'OPJ, durant l'audition, la psychorigidité de la suspecte l'empêche d'analyser avec clairvoyance la situation complexe dans laquelle se trouvait Lauriane Émans, qu'elle enviait pour ses nombreux talents, sans se rendre compte que son handicap ne constituait certainement pas un avantage pour mener à bien ses multiples activités.

M. X présente une passivité le rendant facilement influençable, voire manipulable, par une personnalité aussi tyrannique que celle de Mme Y, comme en témoigne son omission de dénonciation de la fraude à la CAF dont elle est l'auteur, dont il s'est rendu complice pendant vingt ans et dont il ne semble pas vouloir assumer pleinement les conséquences. Se pose alors la question de savoir jusqu'à quel point cette emprise a pu s'exercer sur un esprit aussi peu structuré. Afin d'obtenir la réponse à cette question, il me paraîtrait pertinent qu'ils soient entendus chacun séparément, sur leur rôle respectif dans la genèse et la commission des faits et en cas de versions non concordantes, de les astreindre à une confrontation.

Avis établi par Camille Huguenot, sur demande du Juge Lourmel et du Lieutenant Marceau, pour le Troisième DPJ, le mercredi 4 octobre 2017.

À 22 h 30, par le biais du réseau sécurisé du complexe des Batignolles, cet avis parvint dans la boîte à lettres électronique du juge d'instruction Bernard Lourmel et dans celle de l'officier de police judiciaire Yanaël Marceau. Nul ne sait à quelle heure ils en prirent respectivement connaissance, mais chacun sut, à ce moment-là, qu'ils avaient trouvé deux suspects pour un crime.

Chapitre 19

Deux suspects pour un crime

Lundi 9 octobre 2017,

Troisième DPJ, 36, Rue du Bastion,

Paris XVIIème arrondissement,

8h00 – 18h00.

EN CE DÉBUT DE SEMAINE, lorsqu'il arriva au Troisième DPJ, ce matin-là, Yanaël eut le plaisir d'y rencontrer pour la première fois son supérieur direct, le Capitaine Cédric Zandowski, âgé de trente-cinq ans et possédant dix ans de métier en tant qu'officier de police judiciaire. Ayant enfin épuisé son quota de jours de récupération, il était de retour au service.

Les deux OPJ firent donc connaissance autour d'un café et Yanaël relata au Capitaine Zandowski l'enquête en cours sur l'affaire de la Rue Soufflot, dont l'instruction n'était pas encore terminée. En effet, le mercredi précédent, agissant sur commission rogatoire du Juge Lourmel, le Lieutenant Marceau avait convoqué par lettre recommandée M. X et Mme Y afin que ceux-ci se présentent sans faute, au Troisième DPJ, le lundi 9 octobre 2017, à 14 heures. La convocation précisait le motif de cette audition, chacune de ces deux personnes devant être entendue, sous le régime de la garde à vue, en tant que suspecte, dans le volet Lauriane Émans de cette affaire.

À 14 heures, M. X et Mme Y arrivèrent au Troisième DPJ, chacun assisté par son avocat, et ils furent installés dans des salles séparées. Le Lieutenant Marceau se chargea alors d'auditionner Mme Y, alors que, dans le même temps, le Capitaine Zandowski, après avoir pris connaissance du dossier, durant toute la matinée, auditionna M. X. Pendant ces interrogatoires, les deux enquêteurs rédigèrent les procès-verbaux suivants :

<u>AUDITION DE M. X PAR LE CAPITAINE ZANDOWSKI, OPJ, TROISIÈME DPJ, LUNDI 9 OCTOBRE 2017, 14 H 00 – 17 H 00</u>

— M. X, lors de votre première audition, comme témoin, en date du lundi 25 septembre, concernant une fraude à la CAF commise par Mme Y, vous avez indiqué au Lieutenant Marceau que Mme Y vous avait harcelé afin de vous soutirer des informations relatives à Mlle Émans, quelques mois après son arrivée dans l'immeuble de la Rue Soufflot. Réitérez-vous vos propos ?

— Tout à fait. Je les maintiens.

— D'après vous, pourquoi le fait de savoir ce que faisait Mlle Émans de ses journées intéressait-il à ce point Mme Y ?

— Je ne sais pas pourquoi Mme Y s'intéressait à Mlle Émans en particulier, peut-être parce qu'elles étaient voisines de palier, mais, dans le fond, je n'en sais rien. De toute façon, c'est une habitude chez Mme Y de me faire subir un interrogatoire de police dès qu'un nouveau locataire s'installe dans l'immeuble. Elle a toujours besoin de tout savoir sur tout le monde, comme si elle se prenait pour un agent des renseignements généraux !

— Face à ce type de situation, comment procédez-vous habituellement ?

— Je lui donne les informations qu'elle me demande sans quoi elle ne cesse de me harceler jusqu'à me pousser à bout, comme si elle devenait obsédée par le fait de ne pas savoir ce que font les nouveaux locataires de l'immeuble.

— *N'avez-vous jamais tenté de lui expliquer que de telles informations s'avèrent confidentielles et ne la regardent aucunement ?*

— *J'ai bien essayé, dans les premières années où elle louait mon appartement, mais, de guerre lasse, j'ai renoncé. C'est une folle, je vous dis et si vous refusez d'aller dans son sens, vous ne savez pas ce qu'elle s'avère capable de faire !*

— *Que voulez-vous dire ? Pouvez-vous être plus précis concernant ce que « Mme Y serait capable de faire lorsque quelqu'un ne va pas dans son sens » ?*

— *Lorsqu'une personne refuse de se plier à ses injonctions, Mme Y commence à exercer à son égard des représailles d'intensité croissante et qui n'en finissent jamais. Je ne sais pas si vous êtes au courant, mais, il y a un an, elle a proféré des accusations calomnieuses contre Mlle Émans et elle ne s'est pas privée de propager une rumeur à ce sujet afin de donner encore plus d'ampleur à ces accusations. Finalement, par mes propres moyens d'enquête, j'ai pu prouver que cette dernière n'était pour rien dans la commission des faits qui ont perturbé la tranquillité de l'immeuble, à cette époque. Cependant, Mme Y n'en démord pas et continue à faire une fixation sur sa jeune voisine handicapée, en racontant à qui veut bien l'entendre que « de toute façon, il n'y a pas de fumée sans feu et que sa voisine est bizarre, etc. ».*

— *Lors de votre précédente audition, vous avez indiqué au Lieutenant Marceau que Mme Y était devenue de plus en plus vindicative quand vous lui aviez révélé que Mlle Émans était étudiante en droit à la Sorbonne et transcrivait des réunions en parallèle. Maintenez-vous vos propos ?*

— *En effet. Je les maintiens.*

— *Selon vous, pourquoi Mme Y est-elle devenue de plus en plus vindicative, après avoir obtenu ces informations ?*

— *Je n'en sais rien, moi, je ne suis pas psy. Vous n'avez qu'à le lui demander directement !*

— *D'après vous, Mme Y était-elle jalouse de sa jeune voisine qui menait de front plusieurs activités, alors qu'elle-même ne faisait rien de ses journées ?*

— *C'est possible.*

— *Au-delà de la fraude à la CAF, dont vous vous êtes rendu complice pendant vingt ans, Mme Y vous a-t-elle déjà demandé de couvrir les actes délictueux d'une autre personne ?*

— *Non, Mme Y ne m'a jamais demandé cela.*

— *L'auriez-vous fait, si elle vous l'avait demandé ?*

— *Tout dépend de la nature des actes délictueux et de ce que j'aurais reçu en contrepartie.*

— *Qu'auriez-vous pu recevoir en contrepartie ?*

— *Disons, certaines satisfactions personnelles !*

— *Lorsque vous évoquez des satisfactions personnelles, voulez-vous dire des relations sexuelles ?*

— *En effet.*

— *Jusqu'où seriez-vous prêt à aller pour recevoir ce type de satisfaction ?*

— *Je ne suis pas sûr de très bien comprendre votre question.*

— *Afin de continuer à bénéficier des satisfactions personnelles, comme vous dites, que vous procure Mme Y, seriez-vous prêt à commettre un acte irréparable ?*

— *Tout dépend de l'acte et tout dépend si je risque de me faire prendre, ou pas.*

— *Mme Y vous a-t-elle déjà ordonné de porter préjudice à Mlle Émans ?*

— *En effet, elle me l'a déjà ordonné à plusieurs reprises, depuis que ses accusations contre Mlle Émans se sont révélées sans fondement, il y a un an. C'est une folle, je vous dis !*

— *Avez-vous donné suite à ces demandes ?*

— *Non, je n'y ai pas donné suite. Je n'ai pas envie d'aller en prison à cause de cette folle !*

— *Si vous n'avez pas donné suite ces demandes, qu'avez-vous fait alors ?*

— *Rien. Je n'ai rien fait.*

— *Mme Y a-t-elle réitéré cette demande, à votre égard ?*

— *En effet ! Mme Y m'a réitéré sa demande à plusieurs reprises, durant ces derniers mois.*

— *Qu'avez-vous fait alors ?*

— *Rien. Je n'ai rien fait. Je ne suis pas un criminel !*

— *Vous m'avez pourtant indiqué, il y a quelques minutes, être capable de commettre des actes délictueux, dans l'hypothèse où Mme Y vous le demanderait. Confirmez-vous vos propos ?*

— *Je vous ai indiqué être capable de commettre des actes délictueux, à sa demande, afin de continuer à bénéficier de certaines satisfactions personnelles et surtout, pour éviter de me faire harceler par cette folle jusqu'à la fin des temps ! Cependant, je ne vous ai pas dit que j'étais capable de tuer quelqu'un !*

— *Qui vous a parlé de tuer quelqu'un ? Ce n'est pas la question que je vous ai posée et Mlle Émans n'est pas décédée, que je sache !*

Parvenu à ce stade de son audition de garde à vue, M. X, se rendant compte que, sous l'empire de l'énervement, il avait laissé échapper des propos susceptibles de le compromettre, mit en avant son droit de se taire afin de justifier le fait de ne plus répondre aux questions du Capitaine Zandowski qui devenait de plus en plus insistant. Celui-ci décida donc de suspendre l'interrogatoire de ce suspect, le temps de prendre connaissance de l'audition de Mme Y, conduite par le Lieutenant Marceau, dans la pièce d'à-côté.

****

<u>AUDITION DE MME Y PAR LE LIEUTENANT MARCEAU, OPJ, TROISIÈME DPJ, LUNDI 9 OCTOBRE 2017, 14 H 00 – 17 H 00</u>

— Mme Y, mercredi dernier, je vous ai interrogée, sous le statut de témoin assisté, au sujet de votre voisine de palier, Mlle Émans. Je vous auditionne aujourd'hui, sur cette même affaire, sous le régime de la garde à vue. Votre avocat étant présent, nous pouvons commencer.

Lors de votre précédente audition, vous nous avez déclaré être irritée, voire en colère, par ce que vous prenez pour une attitude hautaine de la part de votre jeune voisine, celle-ci ne voulant pas répondre avec précision à vos questions sur ses activités et ne vous accordant pas assez d'attention, selon vous, depuis son arrivée dans l'immeuble. Réitérez-vous vos propos ?

— En effet. Je les maintiens.

— Est-ce la raison pour laquelle vous avez proféré à son égard des accusations sans fondement ?

— Au début, je ne savais pas qu'il s'agissait d'accusations sans fondement : je croyais vraiment que c'était elle qui déposait des messages injurieux dans les boîtes à lettres des résidents.

— Vous le pensiez vraiment, ou cela vous arrangeait-il de le penser afin de propager des rumeurs malveillantes à son sujet ?

— Que voulez-vous dire ?

— Sachant qu'elle suivait des études de droit, vous auriez pu vous douter qu'elle n'allait pas s'amuser à mettre en péril son avenir professionnel en commettant des actes délictueux.

— *Je n'avais pas réfléchi à la question sous cet angle. De plus, selon moi, elle était folle, cette fille !*

— *Pourquoi proférez-vous de telles affirmations ?*

— *Quand je passais devant sa porte, dans le couloir, alors qu'elle était présente dans son appartement, je l'entendais parler toute seule à son ordinateur. Il fallait qu'elle soit vraiment dérangée pour faire ça !*

— *Mlle Émans ne parlait pas toute seule à son ordinateur, comme vous dites. Nous avons trouvé dans celui-ci un logiciel de reconnaissance vocale dont elle se servait pour dicter la transcription des procès-verbaux sur lesquels elle travaillait. Cette pratique n'a rien de surprenant chez une personne qui exerce ce métier.*

— *Je ne savais pas que cela existait.*

— *Le problème avec vous, Mme Y, c'est que vous ne semblez pas connaître grand-chose, alors que vous pensez toujours avoir raison sur tout, ce qui vous conduit à de fausses interprétations. Le fait que Mlle Émans ne soit finalement pour rien dans la commission des actes délictueux dont vous l'avez accusée vous a-t-il mise en colère ?*

— *En effet. À cette époque, il y a un an, j'ai eu l'impression que quoi qu'elle fasse, elle parvenait tout le temps à passer entre les gouttes !*

— *Si elle n'avait rien à se reprocher, c'est un peu normal, vous ne croyez pas ?*

— *Non, je ne le crois pas. Je pense que chaque personne a toujours un cadavre qui traîne dans son placard et que personne ne s'avère jamais totalement irréprochable.*

— *Vous vous prenez pour une personne exemplaire et suffisamment légitime pour faire la leçon à celles qui n'ont rien à se reprocher. En fin de compte, c'est peut-être votre attitude autoritaire* et péremptoire qui a conduit Mlle Émans à décider de garder ses distances avec vous. Qu'en pensez-vous ?

— Lorsqu'elle est arrivée dans l'immeuble, comment aurait- elle pu savoir que je suis autoritaire et péremptoire, comme vous dites ? Elle ne me connaissait pas, à l'époque, puisque précisément, elle venait d'arriver.

— Certes, mais elle vous a cernée bien plus vite que vous ne l'imaginez et c'est, à mon avis, ce qui l'a conduite à garder ses distances avec vous. Après qu'elle ait été blanchie des accusations que vous avez proférées à son encontre, qu'avez-vous ressenti ?

— De la frustration, de la colère, de la haine même !

— Pour quelle raison ? Était-ce parce que vous ne parveniez pas à faire en sorte qu'elle se conforme à vos quatre volontés ?

— En effet, elle n'était pas aussi malléable que je l'avais imaginé au départ.

— Finalement, ce n'est pas elle qui s'est trompée sur vous : c'est vous qui vous êtes trompée à son sujet.

— Si vous le dites !

— Qu'avez-vous décidé ensuite ?

— Que voulez-vous dire ?

— Je suppose qu'avec votre caractère, vous n'avez pas dû laisser passer sans réagir le fait qu'elle ne soit pas inquiétée, dans l'affaire des boîtes à lettres. Je me trompe ?

— Non. Vous ne vous trompez pas, Lieutenant Marceau. Elle commençait à me taper sur le système, à la fin, sachant que je ne pouvais en venir à bout et qu'en plus, elle était ma plus proche voisine, étant donné que nous partagions le même palier. Afin de mettre un terme à cette situation, que je trouvais de plus en plus insupportable, j'ai demandé à M. X, le propriétaire de l'immeuble, de *lui donner une bonne correction, mais pas de la tabasser au point qu'elle tombe dans le coma et qu'elle soit entre la vie et la mort à l'hôpital.*

— Selon vous, c'est donc M. X qui serait allé au-delà de vos demandes afin de vous satisfaire, n'est-ce pas ?

— En effet, c'est bien ce que je viens de dire et je ne suis pour rien dans l'état de santé actuel de Mlle Émans.

— Vous êtes quand même la commanditaire d'un passage à tabac qui a mal tourné, si j'ai bien compris vos propos, n'est-ce pas ?

— Certes, mais j'avais demandé à M. X de lui donner une leçon, pas de l'envoyer à l'hôpital, ni de rendre inutilisable son fauteuil électrique. Je ne sais pas ce qu'il lui a pris de faire autant de zèle. Par conséquent, je ne me sens en rien responsable de ce qui est arrivé à Mlle Émans : comme je vous l'ai indiqué lors de mon audition précédente, je n'étais même pas chez moi, au moment de l'agression de Mlle Émans.

Constatant qu'il ne pourrait plus rien tirer de l'interrogatoire de Mme Y, le Lieutenant Marceau décida de marquer une pause au cours de laquelle il rejoignit le Capitaine Zandowski qui avait également interrompu l'audition de M. X. À ce moment-là, les OPJ se rendirent compte que les faits incriminés montraient une contradiction entre les ordres supposément donnés par Mme Y à M. X et les actes commis par celui-ci sur Lauriane Émans. En fin d'après-midi, ils décidèrent donc d'organiser une confrontation entre les deux suspects dans le but d'établir le degré de responsabilité de chacun, dans cette affaire. Ils cherchaient à vérifier si Mme Y, connue pour son penchant pour l'affabulation, n'aurait pas été en train de minimiser son rôle de commanditaire, ou bien si, afin d'obéir de façon excessive à ses instructions, M. X avait fait du zèle au point de mettre en danger la vie de sa jeune locataire.

Au cours de cette confrontation, celui-ci, en pleurs, avoua, franchement cette fois et sans se cacher derrière son mutisme, s'être montré un peu trop zélé dans la commission des faits incriminés, afin de complaire aux desiderata de Mme Y, dont il espérait encore retirer des bénéfices personnels. Lorsque les enquêteurs lui posèrent la question, il leur répondit ne pas s'être rendu compte du fait que les multiples coups portés sur sa jeune victime, préalablement fragilisée par son handicap, puissent avoir des répercussions aussi importantes sur son état de santé futur, voire sur sa vie.

Consécutivement à cette confrontation, les deux suspects furent déférés devant le juge d'instruction pour un interrogatoire de première comparution, au cours duquel, épuisés par cette après-midi de garde à vue, ils réitérèrent les propos qu'ils avaient exprimés au cours de celle-ci.

À l'issue de cet interrogatoire, ils furent mis en examen, en raison de la préméditation des faits, pour le chef de tentative d'assassinat sur personne vulnérable, ainsi que pour la commission d'actes de barbarie par dégradation d'un bien appartenant à une personne vulnérable du fait de son handicap.

Au terme de cette journée, ils furent envoyés séparément, mais immédiatement, en détention provisoire.

Chapitre 20

Entre méprise et emprise

Lundi 16 octobre 2017,

Troisième DPJ, 36, Rue du Bastion,

Paris XVIIème arrondissement.

AU TERME de l'instruction du volet Lauriane Émans de l'affaire de la Rue Soufflot, le Juge Lourmel devrait rédiger une ordonnance de renvoi des deux suspects devant la Cour d'assises de Paris, afin que ceux-ci répondent de leur responsabilité respective dans la commission des faits criminels qui leur étaient reprochés.

À ce jour, l'instruction n'était pas encore terminée : sur commission rogatoire du juge, M X et Mme Y devraient être examinés à plusieurs mois d'intervalle par un collège d'experts psychiatres afin que chacun puisse mieux comprendre, lors du procès à venir, le processus pathologique qui les avait conduits à commettre les faits incriminés. Cependant, gardant en tête l'objectif de motiver de la façon la plus pertinente possible son ordonnance de renvoi, le Juge Lourmel demanda à Camille Huguenot, qui avait déjà officié à deux reprises dans cette affaire, d'en produire une synthèse sur le plan psychocriminologique. Dans le but d'étayer l'argumentation de cette ordonnance, elle rendit le rapport suivant :

I. Analyse psycholocriminologique du lien victime-auteur et des conséquences générées par celui-ci dans la procédure Lauriane Émans

L'affaire de la Rue Soufflot, et en particulier le volet relatif à la procédure Lauriane Émans, constitue l'aboutissement de deux mécanismes que l'on rencontre parfois de façon séparée au sein des interactions humaines, mais qui, ici, se sont progressivement et mutuellement renforcés au détriment de la victime : la méprise et l'emprise.

1). Mme Y, ne sachant pas nouer des relations avec ses semblables sur un mode autre que celui de la domination, voire de la tyrannie, a, dès son arrivée dans l'immeuble, essayé de mettre sa jeune voisine sous emprise, comme elle avait pu y procéder précédemment avec d'autres résidents. Après avoir constaté que sa voisine de palier était jeune, handicapée et isolée à Paris, Mme Y s'est focalisée sur cet objectif avec d'autant plus d'obstination, pensant que Lauriane Émans allait constituer une proie facile. En ce sens, elle a commis une terrible méprise dont allait découler toute la suite du processus psychocriminologique qui s'est progressivement mis en place entre cet auteur et cette victime. Lauriane Émans, qui, en raison des difficultés psychoaffectives rencontrées dans son enfance et son adolescence, s'est construite autour du trouble de la personnalité schizoïde, a, plus ou moins consciemment, refusé de donner à Mme Y la moindre prise sur sa vie.

2). Cette dernière, de plus en plus énervée par ce comportement dont elle ne pouvait comprendre les fondements, a, une nouvelle fois, commis une méprise sur les sentiments de sa jeune voisine à son égard, considérant comme de l'orgueil mal placé l'unique mode de réponse produit par Lauriane Émans afin de se protéger d'une résidente qu'elle a dû très rapidement trouver un peu trop intrusive, si l'on tient compte de son besoin de tranquillité évoqué par plusieurs de ses proches.

3). Mme Y, en raison de sa paranoïa, a développé un délire de persécution à l'égard de Lauriane Émans, au point de retourner contre elle des accusations sans fondement. Par réaction, celle-ci a dû s'enfermer encore plus dans son monde d'intello, donnant encore moins de prise à sa voisine qui cherchait à accroître son emprise sur elle, ce qui l'a conduite à indiquer aux enquêteurs « qu'on ne pouvait jamais rien lui reprocher et qu'elle passait toujours entre les gouttes ». Le cercle vicieux emprise-méprise était alors bien en place.

4). Mme Y, ne parvenant pas à ses fins avec Lauriane Émans sur laquelle elle faisait une fixation, a profité de l'emprise qu'elle exerçait préalablement sur le propriétaire de l'immeuble pour obtenir des renseignements confidentiels sur ses activités. Ce dernier, focalisé sur les contreparties qu'il pouvait retirer par le fait de divulguer ces informations, ne s'est pas rendu compte qu'en procédant de la sorte, il devenait complice d'un processus destructeur.

5). Après avoir découvert par un moyen détourné les nombreuses activités que sa jeune voisine menait de front et avec succès, Mme Y en est devenue socialement jalouse, comportement typique des paranoïaques qui envient tout ce que possèdent les autres et qu'ils ne possèdent pas eux-mêmes. Cependant, aveuglée par sa jalousie, elle a commis une terrible méprise quant aux efforts consentis par Lauriane Émans afin de parvenir à un tel niveau de performance, tant dans ses études que dans sa vie professionnelle en raison de son handicap moteur. Cette jalousie maladive s'étant ensuite transformée au fil du temps en délire de persécution, chez Mme Y, ce processus a entraîné les conséquences tragiques que nous connaissons aujourd'hui, à la fois pour ses auteurs et pour la victime.

Afin de rendre un rapport tout à fait complet sur l'affaire de la Rue Soufflot, Camille produisit également une synthèse psychocriminologique du volet relatif à la disparition de l'ambulancier Pierre Dobriac.

II. Hypothèses de travail psychocriminologiques pouvant être utilisées dans les suites de l'instruction sur la disparition inquiétante de l'ambulancier Pierre Dobriac

L'ambulancier Pierre Dobriac semble s'être laissé mettre sous emprise par Mme Z, sa compagne actuelle avec laquelle il vit depuis cinq ans, plusieurs indices cumulés venant étayer cette thèse :

1). Lors de son audition à distance, celle-ci n'a guère paru préoccupée par le sort de son concubin, consécutivement à sa disparition. En lieu et place du sentiment d'inquiétude habituellement ressenti par les proches, dans ce type de situation, Mme Z a immédiatement évoqué des infidélités qu'il aurait commises à son égard et dont il s'avère impossible de savoir si celles-ci sont réelles, ou seulement supposées. Là encore, le processus faussement interprétatif des personnes paranoïaques semble bien en place.

2). Ses collègues ont indiqué aux enquêteurs que Pierre Dobriac refusait systématiquement de se joindre aux moments de convivialité qu'ils organisaient, une fois par mois, afin de décompresser après des journées harassantes. Or, cet employé, récemment embauché, aurait dû afficher la volonté de parfaire son intégration au sein de l'équipe qui venait de l'accueillir. À cet effet, il aurait semblé plus logique que celui-ci cherchât à partager des moments de convivialité avec ses nouveaux collègues plutôt que de tenter d'y échapper, comme s'il devait rendre des comptes à une tierce personne sur les activités qu'il pratiquait en dehors de ses heures de travail.

3). Sans s'être concertés au préalable, ses amis ont également indiqué aux enquêteurs que Pierre Dobriac s'était progressivement éloigné d'eux depuis qu'il avait rencontré Mme Z, alors que cette attitude ne cadrait aucunement avec le tempérament de bon vivant qu'ils lui connaissaient et qui était le sien auparavant.

4). Les recherches effectuées par les adjoints du Lieutenant Marceau sur internet au sujet de cet ambulancier ont montré qu'il *avait fermé ses comptes sur les réseaux sociaux, cinq ans avant sa disparition, soit à peu près à l'époque où celui-ci s'est mis en ménage avec Mme Z. Il s'avère donc possible qu'il ait procédé ainsi afin d'obéir à l'une de ses multiples injonctions, s'agissant d'une personne tyrannique.*

5). Ses douleurs chroniques incurables, apparues un an après que Pierre Dobriac se soit installé avec Mme Z, peuvent constituer un symptôme psychosomatique lié au sentiment de mal-être qu'il ressentait au sein de la relation d'emprise dans laquelle cette dernière l'avait progressivement enfermé. En l'état actuel des investigations, il s'avère impossible d'indiquer si Pierre Dobriac, se méprenant par le fait de confondre amour et emprise, n'avait pas conscience de vivre une relation toxique, ou bien s'il en avait pris conscience, mais sans savoir comment y échapper.

<u>Conclusion :</u> Entre méprise et emprise, l'affaire de la Rue Soufflot illustre, presque de façon caricaturale, les drames susceptibles de survenir lorsque des interactions se déroulent entre des personnes présentant chacune un trouble de la personnalité pathologique qui s'est enkysté au fil du temps en raison d'une absence de diagnostic précoce et de prise en charge.

Parvenue au terme de la rédaction de ce rapport d'analyse victime-auteur, Camille l'envoya au Juge Lourmel, ainsi qu'aux OPJ, afin que tous saisissent pleinement les aspects psychocriminologiques de cette affaire, dont l'instruction n'était toujours pas refermée.

Celle-ci le serait, quelques mois plus tard, du moins concernant le volet Lauriane Émans, lorsque le dernier acte d'enquête aurait été versé au dossier.

Yanaël, Camille, Pierre, Lauriane & toute l'équipe du Troisième DPJ

Automne 2017 – Hiver 2018

LE 19 OCTOBRE 2017, le ministre de l'Intérieur inaugura le pôle des Batignolles qui regroupait toutes les sous-directions et tous les services rattachés à la Direction régionale de police judiciaire, ainsi que les différents tribunaux jusqu'alors éparpillés dans Paris et maintenant localisés au sein du secteur judiciaire du même pôle.

Cette inauguration marquait le terme d'un déménagement d'envergure pour tous les personnels concernés et surtout, pour le plus grand soulagement du Commissaire Langlois qui allait enfin pouvoir à nouveau se consacrer à son travail habituel de gestion des équipes se trouvant sous ses ordres. Il savait qu'au sein du Troisième DPJ, il pouvait compter sur un nouvel OPJ, le Lieutenant Yanaël Marceau, enquêteur certes encore inexpérimenté, mais qui, grâce à sa ténacité et à son abnégation, n'avait pas failli à sa tâche afin de résoudre l'affaire de la Rue Soufflot, dans un contexte plus que difficile pour un fonctionnaire de police judiciaire récemment titularisé.

Au début du mois de janvier 2018, le Commandant Lionel Fresnay reprit du service au Troisième DPJ, après quatre mois de repos passés au *Courbat*. Au sein de ce cadre adapté aux âmes blessées, il avait enfin vaincu le burnout qui le minait depuis longtemps et il était désormais prêt à assumer son rôle de chef de groupe auprès de Cédric et de Yanaël. Le trio d'enquêteurs s'avérant ainsi constitué, chacun de ses membres allait devoir apprendre à travailler avec les autres, c'est-à-dire trouver sa place parmi ses coéquipiers sans empiéter sur leurs prérogatives respectives.

Le 5 février 2018, Lauriane Émans se réveilla après avoir passé cinq mois dans le coma. Une semaine plus tard, lorsqu'elle fut en mesure d'être interrogée, Yanaël et Camille, désormais inséparables, se rendirent à son chevet afin de l'entendre sur les circonstances de son agression, ainsi que sur l'enchaînement des événements ayant conduit à celle-ci. Son témoignage se révéla précieux et constitua le dernier acte d'enquête versé au dossier d'instruction, du moins dans ce volet de l'affaire.

Lauriane indiqua à Yanaël et à Camille avoir été frappée à la tête par une personne cagoulée et gantée qui s'était introduite de force dans son appartement, avant qu'elle n'ait eu le temps d'en refermer la porte, lors de son retour de la cérémonie de remise de diplômes, le lundi 4 septembre 2017, à la mi-journée. Cette commotion cérébrale l'ayant plongée dans un trou noir, elle ne se souvenait plus de la suite des événements qui l'avaient conduite en soins intensifs. À son réveil, les infirmières lui avaient uniquement expliqué qu'elle avait reçu des coups sur tout le corps et que ceux portés à la tête lui avaient occasionné un traumatisme crânien qui s'était peu à peu résorbé, au cours des cinq mois qu'elle avait passés enréanimation à l'Hôpital Cochin.

Elle indiqua aux enquêteurs ne pas avoir saisi le mobile de cette agression, aucun contentieux ne l'opposant à qui que ce soit. Yanaël et Camille lui révélèrent alors que celle-ci avait été proférée par son propriétaire. Cependant, ils lui précisèrent également que ce dernier n'avait été que l'exécutant de la volonté funeste de Mme Y, sa voisine de palier, qui l'avait mis sous son emprise et pour laquelle il était capable de commettre n'importe quel acte délictueux, voire criminel.

Lauriane ne fut qu'à moitié étonnée de cette réponse : elle indiqua aux deux enquêteurs que, depuis son arrivée dans l'immeuble de la Rue Soufflot, deux ans avant son agression, Mme Y avait, dans un premier temps, essayé de s'immiscer dans sa vie d'une façon qui lui avait immédiatement paru un peu trop insistante. En raison de son tempérament distant, voire méfiant, qui lui permettait de percevoir les problèmes avant qu'ils ne surviennent, elle n'avait laissé à sa voisine que très peu de prise sur sa vie, se contentant des formules de politesse convenues lorsqu'elles se croisaient sur le palier du quatrième étage.

Cependant, plus Lauriane gardait ses distances par rapport à Mme Y, plus elle la rencontrait, à tel point qu'elle avait fini par se dire que ces multiples rencontres ne pouvaient s'avérer purement fortuites. Sa voisine semblant avoir repéré ses allées et venues dans l'immeuble, elle en profitait pour la harceler de questions personnelles, chaque matin, lors de son départ pour la fac et chaque soir, quand elle était de retour à son domicile. Lauriane avait essayé d'éviter de se retrouver dans ces situations inconfortables, le matin en esquivant ces interrogatoires sous prétexte d'un manque de temps avant le début de ses cours, ou de ses examens et le soir, en rentrant à des horaires différents, en particulier les fins d'après-midi où elle devait se rendre à ses séances de rééducation, après les cours.

La tentative d'emprise de Mme Y n'ayant donc pas fonctionné durant leurs premiers mois de cohabitation au même étage, celle-ci avait durci son attitude envers Lauriane, l'accusant auprès du propriétaire d'avoir hébergé un petit ami qui n'était pas mentionné dans son bail, alors qu'elle n'avait fait que recevoir, pour une semaine de vacances, l'un de ses jeunes frères venu passer quelques jours à Paris pendant les congés de Pâques de l'année 2016. En réponse à leurs questions, Lauriane confirma à Yanaël et à Camille que Mme Y l'avait également accusée d'avoir distribué, dans les boites à lettres de l'immeuble, des tracts injurieux et qu'afin de donner plus d'ampleur à ses médisances, elle avait propagé cette rumeur parmi tous les résidents, alors que les coupables de cette infraction n'étaient autres que des délinquants juvéniles du quartier.

Ces diverses accusations n'ayant pas plus fonctionné que la tentative d'emprise, Mme Y était alors passée à la vitesse supérieure afin de faire de la vie de Lauriane un enfer : un an avant de fomenter sa tentative d'assassinat, elle avait commencé à se lever, au milieu de la nuit, pour claquer, de toutes ses forces, la porte de son appartement dans le but de l'empêcher de dormir, ou de la réveiller. Cherchant à se prémunir de ces agressions, Lauriane s'était procuré un stock de protections d'oreilles dont elle s'équipait en début de nuit. Lorsqu'elle rencontrait sa voisine sur le palier, elle lui renouvelait ses salutations d'usage, faisant comme si de rien n'était, bien que cette situation la bouleversât au plus haut point. À cette époque, elle s'était d'ailleurs documentée sur les mécanismes d'emprise, sur leurs événements déclencheurs, ainsi que sur la meilleure façon de s'en préserver. Cependant, devant des comportements aussi malsains, elle avait envisagé de s'installer dans sa région d'origine après l'obtention de son diplôme, malgré le souhait de l'équipe pédagogique du master 2 de la voir poursuivre ses études en doctorat.

Après avoir entendu Lauriane leur raconter le calvaire qu'elle avait vécu durant les deux années où elle résidé dans l'immeuble de la Rue Soufflot, Yanaël et Camille comprirent que l'agression dont elle avait été victime ne constituait que l'aboutissement d'un long processus qui n'avait cessé de croître, pendant cette période, dans l'esprit dérangé de Mme Y. De plus, celui-ci avait été assez fidèlement décrit par Camille dans le rapport d'analyse psychocriminologique du lien victime-auteur qu'elle avait rédigé, au mois d'octobre précédent.

Consécutivement à cette première partie d'audition, Yanaël se rendit compte qu'il s'était fait berner par chacun des résidents, qu'il avait pourtant pris soin d'interroger longuement dans le cadre de cette enquête : tous devaient être au courant de ce qu'il se passait au quatrième étage, mais personne n'en avait rien dit, de peur de subir les représailles de Mme Y qui, selon les dires de certains, *« avait toujours besoin d'avoir une dent contre quelqu'un pour se donner de l'importance, au prétexte qu'elle entretenait une relation avec le propriétaire ».*

Après avoir pris connaissance du témoignage de Lauriane, le Juge Lourmel décida de mettre un terme à l'instruction de ce volet de l'affaire et de rédiger une ordonnance de renvoi des deux accusés devant la Cour d'assises de Paris. En raison de la préméditation des actes criminels perpétrés, dans ce document, le juge mentionna les *chefs de « tentative d'assassinat et de commission d'actes de barbarie sur une personne vulnérable du fait de son handicap »*, accusations dont allaient devoir répondre M. X, l'exécutant et Mme Y, sa commanditaire, quelques mois plus tard, au terme de la mise en état de l'affaire. Un jury populaire déciderait alors de leur sort : chacun risquait d'être condamné à une peine de réclusion criminelle d'une durée d'au moins vingt ans, l'emprise sous l'empire de laquelle M. X avait perpétré ces actes n'étant pas considérée par le Code pénal comme une circonstance susceptible d'atténuer sa responsabilité.

Après cette première matinée d'audition, Yanaël et Camille laissèrent Lauriane se reposer durant l'après-midi et ils revinrent, le lendemain, afin d'en entamer la deuxième partie relative à la disparition de Pierre Dobriac. Lorsqu'ils lui apprirent qu'il lui avait sauvé la vie, ce jour-là, elle n'en fut pas étonnée, ayant pu constater son dévouement sans faille et son intérêt non simulé pour les patients qu'il transportait. Cependant, dans le but de justifier cette deuxième partie d'audition, les deux enquêteurs ne purent faire autrement que de l'informer de la disparition soudaine de celui-ci, quatre jours après l'agression dont elle avait été victime.

Lauriane leur révéla alors avoir eu des soupçons par rapport à une situation d'emprise qu'il aurait subie, au sein de son foyer, à l'époque où il l'avait conduite à ses rendez-vous médicaux, depuis son embauche datant du mois de septembre 2016 jusqu'au mois de septembre 2017. En effet, au cours de ces trajets, il lui avait confié que sa compagne, qui aimait bien contrôler son monde, supportait très mal le fait que, dans le cadre de son travail, il transportât des patientes qu'elle ne connaissait pas et sur lesquelles elle n'avait donc aucune prise.

De plus, Lauriane indiqua aux enquêteurs que, certains jours, elle avait pu constater chez Pierre Dobriac une humeur dépressive sans qu'il n'ait été en mesure de lui préciser l'objet de ses tourments, malgré toute la bienveillance dont elle avait essayé de faire preuve à son égard. À cette époque, s'avérant elle-même confrontée à la tentative d'emprise de sa voisine qui devenait de plus en plus insupportable, elle avait commencé à se documenter sur la question. Elle avait donc conseillé à son ami ambulancier de lire un ouvrage sur le sujet et de s'informer sur le site internet d'une psychologue spécialisée, qui dispensait des consultations à distance. Cependant, comme ils n'avaient plus eu l'occasion d'en reparler avant son agression, elle n'était pas en mesure d'indiquer aux enquêteurs s'il avait suivi ses conseils amicaux avant que n'ait été déclenchée l'alerte relative à sa disparition inquiétante.

Enfin, à la date où Yanaël et Camille auditionnèrent Lauriane, c'est-à-dire en février 2018, Pierre Dobriac était toujours porté disparu. Malgré toute la vigilance dont faisaient preuve, depuis le mois de septembre précédent, les policiers du Troisième DPJ sur ce dossier toujours en cours d'instruction, il s'avérait, encore à ce jour, impossible de savoir ce qu'était devenu cet ambulancier : s'était-il donné la mort afin de mettre un terme aux douleurs chroniques incurables dont il souffrait ? Avait-il fini par prendre conscience de la situation d'emprise qu'il subissait au sein de son foyer et avait-il disparu volontairement dans le but d'y échapper ? Mme Z, ayant définitivement quitté le territoire français le jour de sa disparition, était-elle impliquée dans celle-ci ? Le fait que Pierre Dobriac ait sauvé la vie de sa jeune patiente le jour de son agression et la médiatisation consécutive à ce fait divers avaient-ils généré chez Mme Z un événement déclencheur ayant pu la conduire à commettre un acte irréparable ?

Après avoir pris connaissance du rapport d'analyse psychocriminologique rédigé par Camille, dans ce volet de l'affaire, les enquêteurs penchaient plutôt pour ces deux dernières hypothèses, mais, dépourvus de preuves, ils en étaient réduits à des conjectures.

Début mars, avoir organisé son déménagement, Lauriane quitta définitivement Paris afin de retourner vivre en Région Occitanie, là où se trouvaient ses racines. Elle allait devoir suivre une longue rééducation physique dans le but de récupérer de l'atrophie musculaire qui s'était progressivement installée pendant ses cinq mois de coma, ainsi qu'une longue rééducation psychologique pour surmonter le traumatisme de son agression et celui de la disparition de son ami ambulancier qui resterait à jamais gravé dans sa mémoire. En effet, régulièrement, elle se demandait si elle était involontairement pour quelque chose dans la genèse de cet événement dramatique. Cependant, le principal intéressé n'étant pas là pour répondre à ses questions, celles-ci la tourmentaient incessamment durant ses interminables nuits sans sommeil.

Lauriane allait également devoir préparer la défense de ses intérêts, en tant que victime, lors du procès relatif à son agression qui aurait lieu, quelques mois plus tard. À cet effet, elle s'était allouée les services d'un ténor du Barreau pour lequel elle effectuait des travaux juridiques en compensation des compétences qu'il déployait et du temps qu'il consacrait à l'étude de son dossier.

En lisant un ouvrage intitulé *De l'expertise criminelle au profilage*, publié en 2001 par les *Éditions Favre* et rédigé par la célèbre psychocriminologue, Mme Michèle Agrapart-Delmas, Lauriane avait trouvé, à la page 55, un passage que son avocat pourrait citer afin de décrire aux membres du jury le calvaire qu'elle avait subi, durant les deux années où elle avait résidé dans l'immeuble de la Rue Soufflot : « *Les paranoïaques sont orgueilleux, incompris, obséquieux, autoritaires, jaloux, interprétatifs, séduisants, intolérants, rancuniers, coléreux et dangereux dans leur sentiment permanent d'être espionnés, agressés, rejetés, trompés, humiliés* ».

Concernant son avenir professionnel, après les événements traumatisants qu'elle avait vécus, durant les mois précédents, elle n'eut pas le courage de se porter candidate au concours de l'École nationale des greffes, ni celui de faire connaître ses compétences auprès de cabinets d'avocats, comme elle l'avait envisagé, au terme de sa licence de droit, lorsqu'elle avait décidé de poursuivre ses études en master dans l'une des facultés parisiennes où elle avait déposé sa candidature, trois ans auparavant, au printemps 2015. Cependant, afin de conserver un lien avec le monde du travail, elle persévéra dans le développement de son activité freelance de transcription de réunions juridiques, celle-ci lui permettant de continuer à bénéficier de son autonomie financière tout en poursuivant sa rééducation intensive.

Lors de son temps libre, afin de rester en connexion avec ses hautes capacités intellectuelles, Lauriane décida de mettre à profit les cours de l'atelier d'écriture qu'elle avait suivis, durant les deux étés précédents. Concrètement, cette décision donna naissance à un polar intitulé *L'affaire de la Rue Soufflot : entre méprise et emprise.*

C'est le fruit de son travail que vous venez de lire.

La genèse de ce polar

L'IDÉE DE CE POLAR est née de la rencontre malheureuse, qui a réellement eu lieu, entre deux voisines souffrant chacune d'un trouble de la personnalité différent. Cependant, ayant toujours vécu de la sorte, elles n'en étaient pas conscientes, du moins au début de l'histoire. En effet, au fil de son développement, cette situation générant des conséquences de plus en plus difficiles à vivre pour la victime, la volonté de s'en protéger l'amena progressivement à comprendre que certains individus sont atteints d'un trouble de la personnalité et donc, incapables de nouer des relations sur un mode autre que pathologique. Cependant, cette prise de conscience ne l'empêcha pas de se faire agresser par sa voisine, qui, dans son délire de persécution, était devenue de plus en plus insupportable.

Afin de s'en libérer définitivement, la victime dut analyser, ainsi que le firent les enquêteurs, les ressorts sous-jacents à la relation que voulait lui imposer sa voisine, à la fois faite de méprise sur ses véritables intentions et d'emprise, cette personne ne sachant pas nouer des relations autrement qu'en contrôlant son entourage. Or, celui-ci se réduisant à son voisinage, soit un cercle de socialisation très restreint, cette situation conduisit au processus dramatique suivant : d'une part, plus son monde était petit, plus elle tentait de le contrôler et d'autre part, moins celui-ci acceptait ce contrôle, plus cette voisine insupportable intensifiait ses représailles sur les résidents de l'immeuble qui refusaient de se soumettre à son emprise.

En parallèle, la victime prit conscience du trouble de la personnalité dont elle souffrait en raison de son enfance carencée. Or, le lien victime-auteur ayant conduit aux faits incriminés, celui-ci fut analysé par Camille, la psychocriminologue, en tant qu'experte en psychologie légale. À cette occasion, tous les participants à l'enquête comprirent qu'un tel enchaînement n'aurait pu se produire si l'une de ces deux personnes n'avait pas souffert du trouble de la personnalité qui était le sien, au moment des faits et durant leurs deux années de cohabitation au même étage.

À cette intrigue principale, vint s'ajouter l'intrigue secondaire relative à la disparition de l'un des personnages masculins de l'histoire et dont nul ne sut, à la fin de celle-ci, ce qu'il devint. Les enquêteurs en furent donc réduits à supposer que celui-ci se serait également laissé prendre dans un processus d'emprise, sans que personne ne soit en mesure d'affirmer avec certitude le fait que celui-ci lui ait coûté la vie. Cependant, vous découvrirez ce qu'est devenu ce personnage en lisant le volume 2 des enquêtes de Yanaël Marceau.

L'objectif de ces deux histoires, qui s'entrecroisent, illustre le fait que, dans une société où tout va trop vite et où chacun doit se montrer sous son meilleur jour par rapport aux autres, les enjeux de pouvoir et de domination ne sont pas rares. Ceux-ci sont susceptibles d'apparaître dans n'importe quel secteur de la vie de chacun : amicale, familiale, sentimentale, professionnelle, sexuelle, voisinage, etc.

Au début des années 2000, lorsque le thème du harcèlement moral a éclos, il était courant d'entendre dire que de telles situations étaient surtout subies par des femmes amoureuses ne disposant pas de ressources psychologiques suffisantes pour sortir de l'emprise sous laquelle l'homme avec lequel elles vivaient les avait placées. Cependant, l'histoire racontée ici témoigne du fait que des liens d'emprise puissent malheureusement voir le jour entre deux femmes, ou entre une femme, à l'origine de l'emprise, et un homme qui en est la victime, mais qui, n'en ayant pas conscience, se laisse manipuler comme une marionnette dont la femme tirerait les ficelles.

Qu'ils soient hommes ou femmes, la difficulté pour les victimes vient du fait que celles-ci ne prennent pas conscience de la situation d'emprise dans laquelle elles se sont progressivement laissées emprisonner, ou bien du fait qu'elles en prennent conscience trop tardivement après qu'un drame soit survenu. Bien souvent, les procès de Cours d'assises ne racontent pas autre chose que de telles histoires, dont les protagonistes n'ont pas su dénouer les fils pour en sortir à temps.

Afin d'informer les personnes pensant être victimes, ou témoins, d'une relation d'emprise, sans aucunement prétendre à l'exhaustivité, j'indique ci-dessous quelques modestes ressources susceptibles de les aider à en sortir :

– Un essai récent : LEHOREAU Véronique, *L'emprise contre-attaque, le pervers narcissique, la victime, le psy, la justice*, 23 décembre 2021, Éditions Books On Demand, 204 p.

– Plusieurs polars récents et qui, chacun à leur façon, illustrent les phénomènes d'emprise, ainsi que leurs conséquences souvent dramatiques pour la victime directe, mais aussi pour son entourage :

*BECKER Cédric, *La mort de l'innocence, Tome 1 de la trilogie Sarski*, Livre autoédité par l'auteur sur Amazon KDP, 12 octobre 2021, 613 p.

*CALESTREME Natacha, *Les blessures du silence*, Éditions Albin Michel, 3 avril 2018, 404 p.

*SCHREIBER Pierre, *L'horloger – Hors circuit*, Éditions In Libris Veritas, 8 juillet 2022, 371 p.

De nombreux sites internet existent également sur le sujet, certains proposant des consultations en ligne. Il m'est impossible d'en citer un, au risque de devoir tous les citer. Si ceux-ci sont susceptibles de vous intéresser, c'est à vous, chers lecteurs, d'effectuer cette démarche. Ce serait déjà un premier pas vers votre liberté retrouvée !

> Quelques mots de l'auteur

J E SUIS Laurence Sellin, l'autrice de ce livre. Je suis née en 1972 et j'habite à Lectoure, dans le Gers en Gascogne (France). Je suis transcripteur de réunions juridiques freelance.

Je remercie toutes les personnes qui m'ont apporté leur soutien, leurs conseils et leurs encouragements durant l'écriture de ce polar, en particulier mes bêta-lecteurs.

Je remercie également mes plus proches parents, qui m'ont donné, très jeune, le goût de la lecture, ainsi que mes lecteurs sans lesquels cet ouvrage ne pourrait vivre. J'espère que vous aurez pris autant de plaisir à le lire que j'en ai pris à l'écrire.

Si vous souhaitez me faire part personnellement de vos impressions et de votre ressenti au sujet du livre, vous pouvez m'envoyer directement votre commentaire en vous rendant sur la page suivante de mon site Internet, où un formulaire de contact est à votre disposition, à cet effet :

https://www.editionspolarimpulse.com/class.html

Si vous souhaitez rédiger un commentaire public, ou une chronique, au sujet du livre, je vous serais très reconnaissante de me l'envoyer par mail, ce qui me permettrait d'en prendre connaissance préalablement à sa publication sur les plateformes. Vous pouvez accéder à la page de commentaires du livre sur Amazon, à l'adresse suivante :

https://www.amazon.fr/review/create-review?asin=2958636917

Vous pouvez également y accéder en flashant le QR Code suivant :

Vous pouvez accéder à la page de commentaires du livre sur Goodreads, à l'adresse suivante :

https://www.goodreads.com/review/new/137723134-l-affaire-de-la-rue-soufflot

Vous pouvez également y accéder en flashant le QR Code suivant :

Si vous voulez faire partie de ma communauté de lecteurs assidus, au moyen du formulaire de contact mentionné ci-dessus, vous pouvez vous abonner à la lettre d'information que j'envoie aux personnes intéressées par mes livres, en général en début de mois. Au sein de celle-ci, j'évoque mes activités d'écriture, ainsi que l'évolution de la maison d'édition *Polar Impulse,* que j'ai créée en janvier 2023.

En vous abonnant à cette newsletter, vous pourrez également, chaque mois, prendre connaissance d'actualités, au sujet de mes livres. De plus, afin de vous remercier de l'intérêt que vous portez à mon travail d'édition, consécutivement à votre abonnement, je vous enverrai par mail la liste de mes cent-cinquante romans préférés, dont une majorité de thrillers psychologiques.

Si la suite des enquêtes de Yanaël Marceau et des mésaventures de Lauriane Emans et vous intéresse, le deuxième volume de la trilogie, intitulé *Big Pharma, Big Drama – Manager n'est pas jouer*, est sorti en septembre 2023.

L'histoire se déroule, à Paris, de 2020 à 2023, au sein de la filiale française d'un laboratoire pharmaceutique américain, spécialisé en recherche et développement sur les technologies innovantes de santé. Elle débute avec l'assassinat, en mai 2022, d'un journaliste d'investigation américain, correspondant de presse en Europe pour divers journaux de son pays, alors qu'une visite d'État du Président français est prévue aux États-Unis, à la fin de l'année 2022.

En raison de ce contexte diplomatique tendu, les officiers de police judiciaire en charge de l'enquête vont devoir travailler sous pression. Au cours de celle-ci, ils vont auditionner un témoin capital qui va leur raconter l'enchainement des faits qui, selon sa perception, auraient pu conduire à ce fait divers. A cette occasion, ils vont découvrir diverses erreurs de management, ainsi que des manquements à l'éthique médicale, au sein de ce laboratoire.

De fil en aiguille, ce n'est plus une, mais trois enquêtes qui s'entremêlent.

Vous pouvez retrouver l'actualité de mes publications sur le site

https://www.editionspolarimpulse.com/

Laurence Sellin – Lectoure (Gers) – Janvier 2024.